Mein schlesisches Tagebuch

Hans-Manfred Milde

Mein schlesisches Tagebuch

im September 2005

Bibliografische Information der Deutschen Nationalbibliothek
Die Deutsche Nationalbibliothek verzeichnet diese Publikation in der Deutschen
Nationalbibliografie; detaillierte bibliografische Daten sind im Internet über http://dnb.
d-nb.de abrufbar.

Satz, Umschlagdesign, Herstellung und Verlag: Books on Demand GmbH, Norderstedt
ISBN 10: 3-8334-6230-2
ISBN 13: 978-3-8334-6230-6

Freitag, 2. September

Anreisetag.

Seit Tagen rede ich mir ein, ich führe nach Hause. *Ei de Heemte*, möchte ich sagen, aber wer spricht schon noch schlesisch? Wer versteht noch schlesischen Dialekt?

Nun sitze ich tatsächlich im Auto und fahre. Ich fahre heim – immer wieder diese Beschwörungsformel. Mein Herz grummelt. Wo liegt dieses Daheimsein? Der Himmel übergießt die Straße mit Wasser, als wolle er sie wegschwemmen, mir den Eintritt ins Traumland verwehren. Das graue Band der Autobahn gleicht einer Wasserader, in der sich ungezählte Lichter widerspiegeln. Die Roten leuchten am hellsten. Autos jagen vorbei, schütten ihr Kielwasser über unsere Frontscheibe. Ihre Fahrer scheinen zu wissen, wohin sie wollen, sonst rasten sie nicht so. Ich will heim… und weiß nicht, wo das liegt. Warum sollte ich schnell fahren?

Dabei fahre ich gar nicht, ich werde gefahren. Rolf, mein Freund, ein sächsischer Schwabe, will ins Riesengebirge, wandern. Zur vollständigen Kammwanderung fehlt ihm nur noch der Weg vom Mittagsstein zum Spindlerpass. Diesen Weg bin ich schon vor über sechzig Jahren gewandert, als Kind. Ich bin ja dort daheim. Heim – Heimat – fremdes Land. Eine schlimmere Komparation gibt es nicht.

Durch die Wasserschlieren blinken rechts und links blaue Polizeilichter, Raser liegen im Graben, zerbeultes Blech. Handymenschen im strömenden Regen. Fahr langsam, Rolf, ich weiß noch immer nicht wohin es geht. Der Himmel setzt ungedeutete Zeichen. Meine Seele weiß nicht, wohin sie fährt. Mir ist, als verharre ich auf der Stelle; es ist die Landschaft, die bewaldeten Hügel, die Felder, die schiefergedeckten Häuser, die an mir vorbei schwimmen. Rolf empfindet sicher ganz anders. Er hat das Steuer fest in der Hand; er spürt die vibrierenden Räder, er weiß, wo er hin will. Wandern im Riesengebirge.

In einem großen Bogen umfahren wir die Stadt Hof. Wenig später lassen Regen und spiegelnde Scheinwerfer das dargebotene *Willkommen im Freistaat Sachsen* verschwimmen. Zwickau, Chemnitz. Erst kurz vor Dresden hört der Regen auf. Löcher in der Wolkendecke, durch einige wagt die Sonne einen Blick auf die Erde. Rolf wird sich freuen: Wandern im Sonnenschein. Und ich? Warum freue ich mich nicht? Ambivalenz hält mich besetzt. Vielleicht bewirkt die Sonne einen Wandel meiner Gefühle.

Bautzen erstrahlt im Morgenglanz. Mein Freund Artur ist hier daheim. Er wäre glücklich hier zu sein, wo ich jetzt bin. Was bindet Menschen so stark an den Ort ihrer Geburt? Mich. Uns. Wir Alten. Meine Kinder werden das nicht verstehen. Sie leben längst in einer anderen Zeit. In einer anderen Welt. Einer mobile Welt. Meine Großeltern, meine Urgroßeltern und alle, alle davor: Schlesien, Schlesien, nichts als Schlesien. Im Umkreis von wenigen Kilometern geboren, gelebt, gestorben und begraben. Da wachsen die Wurzeln tief. Ich wurde ausgerissen. Dem Gezeitenwind übergeben. Aber Wurzelfäden sind geblieben. Die Pfahlwurzel steckt tief in der Erde.

Bald wird ein überdimensionales Straßenschild auftauchen, auf dem ein Zauberwort steht: *Niederschlesien.* Ja, hier! Sonnenscheinüberflutet steht es am Straßenrand. Lacht mich an. Aber ich weiß: formell sind wir noch im Freistaat Sachsen. Die Grenzen sind neu gezogen. Dieser nordwestlichste Zipfel Schlesiens lag für mich früher weit weg von dem, was ich als *Schlesien* empfand. Heute lässt er mein Herz bange werden. Ich bin auf schlesischem Boden. Aber, als bedürfe es eines symbolischen Aktes, gleitet unser Auto in eine schwarze Röhre, wir tauchen tief in schlesische Erde ein, bleiben in ihr viele, viele Kilometer lang. Alle meine Vorfahren sind in schlesischer Erde begraben, und ich erhoffte mir Gleiches. *»Legt ihr mich einmal hin zur Ruh', deckt mich* *mit Schlesiens Erde zu…«* hab ich als Kind schon singen gelernt. Ich schließe die Augen, will das künstliche Licht nicht sehen. Wenn ich unter schlesischer Erde bin, soll es dunkel sein.

Hat Träumen mit Selbstbetrug zu tun? Bevor ich diese Frage lösen kann, schlägt grelles Licht gegen meine Lider, öffnet sie. Zur Rechten tauchen, vor der gewaltigen Kuppel der Landeskrone, die Türme der zweitgrößten Stadt Niederschlesiens auf. Von einer lieblichen Sonne angestrahlt liegt Görlitz. Mit dem Kriegsschwert zerteilt. Der einst so unbeschwerte, kleine, unbedeutende Fluss, die Neiße, ist zum Schicksalsfluss aller Schlesier geworden, hat eine traurige Berühmtheit erlangt.

Warum suchten sich die Sieger die Görlitzer Neiße und nicht die Glatzer Neiße als Grenzfluss aus? Verzeihung, ich denke egoistisch. Ich weiß es. Die Schlesier, die auf der östlichen Seite der Oder wohnten oder südlich der Glatzer Neiße werfen mir Egoismus vor, zu Recht. Ich bitte sie um Verzeihung, freue mich aber, dass in meinen Traumvorstellungen meine Heimatstadt Freiburg und das Riesengebirge deutsch geblieben wären.

Weg mit den Träumen. Grenzkontrolle. Nun heißt es nicht mehr »Guten Tag«, sondern »dzien dobry«. Warum zittert mein Herz?

Manchmal weiß ich nicht mehr, wo ich bin. Wo sind die alten Namen geblieben. Sie haben sie mitgenommen, damals, als sie vertrieben wurden. Kühe und Schweine blieben im Stall, Möbel, Hausrat. Nur was sie tragen konnten ging mit, das Allernötigste luden sie auf ihre Schultern, dazu schwerelose Erinnerungen an gute Zeiten, alte Fotos – und die Namen ihrer Heimatorte nahmen sie mit. Hirschberg. Lauban. Krummhübel. Oberschreiberhau. Agnetendorf. In welche Richtung müssen wir fahren? Links abbiegen? Oder rechts? Mein Langzeitgedächtnis rettet mich aus der Verwirrung. Und stürzt mich wieder hinein. Damals. Immer wieder dieses Wort: damals.

Rolf ist ein korrekter und guter Fahrer. Wenn nicht überholt werden darf, überholt er auch nicht, auch wenn andere Autos an uns vorbei brausen. Ich bin froh, dass er langsam fährt, meine Gefühle blieben sonst zurück. Wir fahren gegen die Sonne. Meine Augen durchsuchen das diffuse Licht, in dem sich der Gebirgskamm verstecken will, aber ich erahne ihn. Noch gleiten wir am Isergebirge entlang. Wenn der, im silbrigen Licht schwimmende Berg, der Reifträger ist, weiß ich uns dem Ziel des heutigen Tages nahe. Und dort, dort hinten, die Koppe, die »ale Gake«, die Schneekoppe.

Je näher wir Hirschberg kommen, um so deutlicher heben sich die einzelnen Berge ab. Veilchenspitze, Schneegrubenbaude, das Hohe Rad, Große Sturmhaube, Kleine Sturmhaube, Kleines Rad, der Mittagstein, Koppenplan und dahinter so majestätisch die Schneekoppe.

Rolf reißt mich aus meiner Kammwanderung und bittet mich, ich solle ihm helfen bei der Fahrt durch Jelina Gora die Straße nach Karpacz zu finden. Er spricht alle Städtenamen polnisch aus, er muss sich nach den Straßenschildern richten, auf denen steht nicht mehr *Krummhübel*. Die weisen nur noch nach Szklarska Poreba, nach Kowary und nach Karpacz und nicht nach *Oberschreiberhau, Schmiedeberg* oder *Krummhübel*. Ich darf meinen sächsischen Schwaben nicht verwirren und dirigiere ihn mal nach rechts, mal nach links. »Dort rechts geht die Straße nach Karpacz«, sage ich und meine Stimme klingt so fest, als habe ich die neue Namensgebung schon verinnerlicht.

Kurz vor der Abreise bekam Rolf ein Fax übermittelt, das mitteilte, die gebuchten Zimmer ständen nicht zur Verfügung. Wir werden sehen. Ich hüte mich zwei Worte, die sich auf meine Lippen drängen, auszusprechen.

Wir haben Hirschberg passiert, (Rolf hat sein Auto sicher durch Jelina Gora gesteuert), und fahren direkt auf die Schneekoppe zu. Von links grüßen die Falkenberge wie Zwillinge, der Forstberg und der Kreutzberg, mit ihren wohlgeformten Rundungen, sie zieren die Landschaft und fordern immer wieder Vergleiche heraus. Bei einer früheren Reise per Bus hatte der polnische Reiseleiter diese Berge als den »Busen der Lollobridgia« bezeichnet. Meine Gedanken bringen mir näherliegende Vergleiche. Rolf blickt schmunzelnd zu mir herüber; er kennt meine Gedanken.

Wir müssen rechts abbiegen Richtung Karpacz. An Arnsdorf vorbei nähern wir uns Krummhübel. Unter den vielen Werbetafeln in polnischer Sprache tauchen auch mir verständliche Wörter auf: Coca-Cola, Zimmer frei.

Gleich nach dem Ortseingang suchen meine Blicke den alten Bahnhof, an dem ich als Kind mit Onkel Karl immer ausgestiegen bin. Irgendwo muss der Bahnhof hier liegen. Von hier begann unser Aufstieg zur Schneekoppe, meine damals elf Jahre alten Beine waren schon müde, bevor wir die Bergregion erreicht hatten. Jetzt fährt keine Eisenbahn mehr. Heute trägt uns Rolfs Auto mühelos nach oben. In der Ortsmitte sucht Rolf nach einem Parkplatz, wir müssen Geld eintauschen, Euro gegen Zloty. Wir parken vor einem Hotel, alles andere ist zugeparkt. Schnell ist der Parkwächter da, dem Rolf auf deutsch erklärt, wir besäßen noch kein polnisches Geld, wir würden bei der Rückkehr von der Wechselstube bezahlen. Wie viel der junge Mann verstanden hat, ist mir nicht klar, er notiert unsere Autonummer und nickt mit dem Kopf. Und lächelt. Ich empfinde es als eine nette Geste. Für einen Euro erhalten wir 3,86 Zloty.

Der Kurs mag wichtig sein, mir ist wichtiger durch meine Schuhe hindurch zu spüren: ich laufe auf schlesischer Erde. Und immer wieder guckt die Schneekoppe durch Häuserlücken zu mir herüber. Als kleinen Dank für die gute Fahrt lade ich Rolf zu einem Cappuccino ein. Wir sitzen im Freien, die Sonne strahlt von einem stahlblauen Himmel, die Luft wird leider von den ständig dicht an uns vorbei fahrenden Autos in ihrer Klarheit getrübt, doch es ist ein mehrfacher Genuss hier zu sitzen. Rolf hat die anstrengende sechsstündige Autofahrt gut gemeistert, sehr gut sogar – und ich bin in meiner Heimat, wohin mich sonst nur meine Gedanken ständig tragen. Bin ich nun daheim? Noch weiß ich keine Antwort auf diese Frage, es ist alles so verwirrend.

Rolf zahlt die Parkgebühr, wir fahren weiter bergan zu unserem bestellten Quartier, das angeblich keine Aufnahmemöglichkeit für uns hat. Wir werden sehen. Serpentinenähnlich geht es Richtung Brückenberg. (Mein Gott! Das musste ich als Kind alles laufen!) Wir fahren an der Auffahrt zur Kirche Wang vorbei, um gleich nach dem Busparkplatz links hoch unser Ziel »Legniczanka Wang« anzusteuern.

Das große Gebäude liegt verlassen da, kein Auto parkt davor, das letzte Fax scheint doch keine Finte gewesen zu sein. Die Luft ist klar und rein und die Schneekoppe blinzelt herüber, es kann also gar nicht so schlimm werden. Eine Frau blickt aus dem ersten Stockwerk verwundert auf uns herab, auf Rolfs »Guten Tag« entzieht sie sich unseren Blicken. Wir prüfen die Türen, alle verschlossen. Rund um das Gebäude kein Mensch. Dann kommt die Polin doch zu uns herunter, sie versteht aber kein deutsches Wort. Rolf zeigt ihr die in polnisch geschriebene Buchungsbestätigung, sie zuckt aber nur mit den Schultern und bedeutet mit den Händen, das Haus sei geschlossen. Ein herbeigerufener Mann bestätigt die Schließung des Hauses, sagt aber: »Gehen zu Pastor« – was wir so deuten, wir sollen zur Kirche Wang gehen und dort mit dem Pastor reden, denn dieses Hotel hier wird von der polnisch-evangelischen Kirche verwaltet.

Rolf fährt die steile Auffahrt zur Kirche Wang hoch, obwohl am Anfang ein Verbotsschild steht. Ich bewundere ihn und freue mich. Bei ihm fühle ich mich gut geborgen. Er weiß zu organisieren.

Die Frau des Pastor spricht ein wenig deutsch und bedeutet uns, sie wolle ihren Mann holen. Pastor Edwin Pech, ein vitaler, freundlicher und viel Liebenswürdigkeit ausstrahlender Geistlicher begrüßt uns und bittet um Verständnis. Das große Haus, das er lieber Herberge als Hotel nennt, hatte für diese Zeit nur unsere beiden Buchungen und es wäre unwirtschaftlich, es dafür voll in Betrieb zu nehmen.

Wenn wir wollen, können wir hier im Pfarrhaus der Kirche Wang wohnen – und das wollen wir natürlich! Rolf bekommt das Zimmer 1, ich wohne Zimmer 6. Mein Herz rast vor Freude. Beim Blick aus dem Fenster steht vor mir diese wunderbare Kirche Wang und im Hintergrund lacht die Schneekoppe zu mir herüber. Ein schöneres Zimmer gibt es im ganzen Riesengebirge nicht, für mich nicht!

Kirche Wang mit Schneekoppe

Verpflegt werden wir im Pfarrhaus natürlich nicht, Pastor Pech hat aber mit dem nächstgelegenen Gasthaus gesprochen, dort könnten wir Frühstück und Abendessen bekommen. Wir werden sehen. Zuerst heißt es auspacken – und immer wieder zum Fenster hinaus blicken. Ich kann mich nicht satt sehen an dieser wundersamen norwegischen Holzstabkirche.

Als Geschenk an den preußischen König wurde sie aus Norwegen hierher gebracht, lockte ungezählte Besucher an, diente aber vor allem den evangelischen Riesengebirglern als Ort der Besinnung und des Gebets. 1943 war ich mit meiner Mutter das letzte Mal vor der Vertreibung in diesem Kirchlein, und jetzt darf ich hier wohnen – Mutti, wenn du das wüsstest!

Und hinter ihr die Schneekoppe! 1602 Meter hoch. Der höchste Berg nördlich der Alpen. Die Polen behaupten, scherzhaft, die Schneekoppe sei jetzt nur noch 1601 Meter hoch, die deutschen Schlesier nähmen alle einen Stein vom Gipfel zur Erinnerung mit. Stimmt nicht ganz … ich habe bereits drei (!) Steine mitgenommen.

Ausruhen, sammeln, zur Ruhe kommen. Rolf und ich vereinbaren gegen 18 Uhr in die Gaststätte zu gehen, uns als Dauergäste für die nächsten 10 Tage vorzustellen und unser erstes polnisches Abendessen zu genießen. An der verschlossenen Tür lesen wir, auch wenn es auf polnisch geschrieben ist, dass diese, uns vom Pastor empfohlene Gaststätte, bereits um 18 Uhr schließt. Wir gehen einige Häuser bergab, bekommen dort noch ein warmes Essen, lassen den Tag in Gedanken und Worten Revue passieren und freuen uns schon auf den kommenden Tag: Es geht auf die Schneekoppe!

*

Samstag, 3. September

Es geht auf die Schneekoppe.

Die Morgendämmerung füllt sich mit Licht. Es ist noch schattenlos, der erste Sonnenstrahl wird die Grenzlinie ziehen. Das fahle Blau, in dem die Konturen der Berge jetzt noch schwimmen, gibt zu Mutmaßungen Anlass. Noch hält der Himmel die Vögel zurück. Alles liegt in ruhiger Stille. Erstarrte Blätter verschweigen das Leben der Bäume. Allein das Wasser stört die Stille. Eine spitzfindige Fontaine streckt ihre dünnen Arme über einen kleinen Brunnen, ist aber nicht stark genug, sie lange in der Luft zu halten und lässt sie schnell wieder kraftlos fallen. Noch gibt es kein Glänzen. Das Warten auf die Sonne lähmt jede Bewegung.

Mein Blick erhebt sich in die Höhe, der Schneekoppe entgegen, die vor einem wolkenlosen Himmel matt herüber grüßt. Ich habe gut und tief geschlafen, mein Innerstes scheint zu spüren, dass wir daheim sind. Wir. Mein Innen und mein Außen.

Heute ist Samstag, der 3. September im Jahre 2005. Annemarie, meine verstorbene Frau, hat heute Geburtstag. Rolf und ich wollen auf die Schneekoppe, Annemaries Lieblingsberg, wollen ihr dort oben nahe sein, von dort unsere Glückwünsche sagen. Zwei Jahre vor ihrem Tod waren wir gemeinsam auf diesem Gipfel, sie war so glücklich dort oben. Ich werde mich genau auf die Stelle stellen, an der sie damals so lange verharrte, um ins schlesische Land zu starren. Ihre Aura wird dort zu spüren sein.

Zuerst müssen wir erkunden, ob wir im für uns vorgesehen Restaurant unser Frühstück bekommen. Es klappt. Nach einigem deutschpolnischem Palavergemisch ist alles klar, die Worte *Pastor* und *Wang* bauen die Brücke, wir bekommen ein großes Frühstück vorgesetzt und sind des Lobes voll.

Jetzt mal los. Schneekoppe, wir kommen!

Es geht bergan.

Meine Nordic-Walking-Schuhe und besonders die Stöcke erleichtern mir den Anstieg. Vor der Abreise hatte ich viel trainiert, dabei auch sieben unnötige Kilogramm abgespeckt, das kommt mir jetzt sehr zu gute. Unser Quartier, die Kirche Wang, liegt direkt am Einstieg in den Wald, bequemer kann ich es nicht haben.

Als Kind war ich schon müde, wenn ich, an der Seite von meiner Mutter oder Onkel Karl, vom Bahnhof Krummhübel bis hierher gewandert bin. Heute, sechzig Jahre später, bin ich an gleicher Stelle noch frisch und wohlgemut. Die fällige Gebühr zum Eintritt in den Nationalpark Riesengebirge können wir uns sparen, so früh (9 Uhr!) sitzt der Kassier noch nicht in seinem Häuschen.

Eingangstor zum Nationalpark

Der erste Anstieg ist steil. Wir sparen uns das Sprechen. Die frische Waldluft dringt tief in meine Brust. Glücksgefühle tragen mich. Ich mahne mich selbst nicht zu schnell zu gehen, der Tag wird noch lang. Bald geben die Bäume die Sicht frei, unser Ziel steht links in weiter Ferne. Lockt. Komm' doch! Tausend Gedanken sind meine Begleiter. Während wir schweigend bergan steigen, reden sie unablässig auf mich ein. Bestürmen mich. Weißt du noch?, fragen sie immer wieder. Weißt du noch? – Ja, ich weiß. Ich weiß noch so vieles, mein Langzeitgedächtnis hält alle Rekorde.

Der Wald öffnet sich, legt uns eine große Bergwiese vor die Füße. In der Wanderkarte steht Polana. Mein inneres Auge zeigt mir aber die vielen Gebäude der früheren Schlingelbaude, die hier standen. Alles verschwunden. Damals, als Kind, beim ersten Aufstieg, war ich über diese erste Baude, die ich sah, sehr enttäuscht. So hatte ich mir eine Riesengebirgsbaude nicht vorgestellt. Die Schlingelbaude war ein richtiger Bergbauernhof mit Scheune und Ställen. Kühe liefen umher. Gänse. Enten. Hühner. Onkel Karl führte mich mitten hindurch, ohne einzukehren, vertröstete mich auf später. Wir kehren erst weiter oben ein, sagte er, wir sind ja noch gar nicht richtig im Gebirge. Meine Kinderfüße haben diesen Satz nicht verstanden.

Heute gibt es hier keine Baude mehr, nur zwei Bänke zum Ausruhen. Junge Leute halten sie besetzt. Wir wollen nicht ausruhen, wir wollen weiter. Hinauf, auf die Schneekoppe.

Ein klarer, frischer Gebirgsbach kreuzt unseren Weg. Er kommt vom Großen Teich herunter, ist einer der Quellflüsse der Lomnitz. Gern hätte ich meine Wasserflasche hier aufgefüllt, wäre sie nicht voll Leitungswasser. Einen Moment zögere ich, erwäge die Flasche zu leeren und Lomnitzwasser einzufüllen, tue es dann doch nicht. Rolf könnte an meiner Vernunft zweifeln. Das Wasserleitungswasser der Kirche Wang entstammt sicherlich auch einem dieser Gebirgsbäche, rede ich mir ein und singe lautlos in mich hinein:

Und in dem Schneegebirge, da fließt ein Brünnlein kalt, und wer das Brünnlein trinket, wird jung und nimmer alt. Ich hab daraus getrunken, so manchen frischen Trunk, ich bin nicht alt geworden, ich bin noch allzeit jung!

Von rechts blicken die Dreisteine herüber. Meine Lust, alles auf einmal zu erleben, lässt mich den Vorschlag aussprechen, mal kurz zu diesem riesenhaften Steingebilde hinzugehen, was Rolf entschieden ablehnt. Er war erst im vergangenen Jahr mit Ina dort und weiß um die Länge und Schwierigkeit des Weges. Wir werden bei unserer nächsten Wanderung hoch zum Mittagstein an den Dreisteinen vorbei gehen, also Herz hab' Geduld, die Steine laufen nicht weg.

Wieder umfängt uns der Hochwald. Der Geruch von Pilzen und Moosen schwebt herüber und begleitet uns. Die Frische der kleinen, oft unsichtbaren Bachläufe ist nicht nur in der Atemluft zu spüren, sie dringt durch die Poren der Haut tief in mich hinein. Alles, was ich hier erlebe und noch erleben werde, dringt in mich ein. Die Speichermenge meiner Sinne wird um ein Vielfaches größer sein, als die meines Gedächtnisses, und darüber bin ich froh. Alles Äußerliche kenne ich ja, ich bin hier schon mehrmals gelaufen, nichts ist neu für mich. Ich bilde mir sogar ein die großen Bäume zu kennen, sie waren damals sechzig Jahre jünger, sie dürften vielleicht zehn Jahre älter sein als ich. Nach dem Krieg habe ich im Frankenwald für das Forstamt viele Fichten gepflanzt, weiß deshalb das Alter von Bäumen zu schätzen. Hier in dieser Höhe wächst alles etwas langsamer, deshalb glaube ich fest daran diese Bäume von früher her zu kennen.

Besitzen Bäume eine Nationalität? Nein – darüber will ich jetzt nicht nachdenken. Ich will mich an der Schönheit des Riesengebirges erfreuen, will meine Sinne auffüllen, um ausreichend Wegzehrung für den Rest meines Lebensweges mit mir zu tragen.

An einer Weggablung trifft Rolf eine feste Entscheidung. Wir bleiben auf dem als Fahrstraße ausgebauten Hauptweg und benützen nicht den romantischen Waldweg entlang der Lomnitz. Diesen Waldweg bin ich vor vier Jahren mit Annette gelaufen, wir hatten Glück, dass wir nicht unsere Beine brachen oder Füße verstauchten. Rolf hat im vergangenen Jahr mit Ina die gleichen Erfahrungen gemacht. Es wurden große Quadersteine einfach auf den Weg gekippt, wobei die scharfkantigen Seiten der Steine oft nach oben ragen. Wer so mit den schönsten Wanderwegen des Riesengebirges umgeht, kann dieses Land nicht lieben. Dieser Gedanke ist mir lieber als die zwei noch immer unausgesprochenen Worte, die verletzend klingen könnten.

Der Hauptweg ist gepflastert, hier fahren Versorgungsautos bis hinauf zur meteorologischen Station auf der Schneekoppe. Auch dieses großklotzige Steinpflaster ist für die Füße keine Wohltat, meine Kinderfüße liefen damals noch auf normalen Waldwegen. *Damals. Damals.* Versorgungsgüter für die Bauden wurden mit Pferdewagen und im Winter mit Pferdeschlitten hochgebracht, da war eine Pflasterung nicht notwendig. Jetzt müssen die Blicke stets am Boden haften, um nicht ins Stolpern zu geraten. Jeder freie Blick benötigt den Stillstand.

Ich vermische Erholungspausen mit Rundumblicken, trotzdem kommen wir gut voran. Als wieder einmal die Schneekoppe herüberblickt, fallen mir die schlesischen Worte ein, die vom Rübezahl erzählen:

Uff derr Kuppe satt ern hucka, huch voo druba rundergucka. Ich rufe in Gedanken zurück: *Wart ock, ale Gake, iich kumm schun!*

Noch haben wir die Baumgrenze nicht erreicht, doch das Auge füllt sich mit abgestorbenen Bäumen. Ganze Hangwälder sind dem Tod geweiht. Ist es dieser Anblick oder ist es die höher steigende Sonne, was die Waldfrische schwinden lässt?

An der nächsten Wegegabel weist ein Wegweiser zur *Samotnia*. Ich sage mit fester Stimme: Wir gehen rechts ab zum Kleinen Teich. Rolf zögert ein bisschen, folgt mir aber ohne Widerrede. Er war erst im letzten Jahr mit Ina am Kleinen Teich und würde sich heute diesen Umweg wohl gern ersparen, wir müssen schließlich bis fünf Uhr wegen des Abendessens zurück sein. Nein, ich will zum Kleinen Teich. Für mich ist diese Idylle mit der schönsten aller Bauden die zauberhafteste Stelle im Riesengebirge.

Der Weg ist gut gehbar. Mein Herz ist voller Vorfreude und plötzlich, als sich der Wald lichtet, liegt er vor uns, der Kleine Teich. Am ersten, vom Wetter rundgeschliffenem Felsgestein, verharre ich, lege die Stöcke zur Seite und bitte Rolf hier einen Augenblick Rast zu machen. Hier muss ich verweilen bis meine Seele aufgefüllt ist.

Vor drei Jahren war ich letztmalig hier und hatte innerlich Abschied genommen, hatte diesen wunderbaren Anblick eingesogen, mich mit allen guten Gefühlen, die dieser Ort für mich ausstrahlt, aufgefüllt bis an den Rand. Die Erinnerung sollte reichen meinen Lebensabend zu füllen. Nun bin ich wieder hier. Auch das ist ein Gefühl, welches ich erst verarbeiten muss. Etwas, das in mir als abgeschlossen galt, ist wieder erweckt, auferstanden, zurückgekehrt aus der Erinnerung in die reale Welt – ich fühle mich wie neugeboren. Wie viele Leben lebe ich noch?

Kleiner Teich

Vom steil aufragenden, halbkreisförmigen Berghang rinnen wie an Silberschnüren Wasser herab und füllen den schwermütigen Bergsee. Die Morgenschatten sind längst gewichen, das Licht ist weich und lustlos. Die winzigen Wellen haben noch kein Glitzern, es ist mehr ein Zittern in Erwartung dessen, was der Tag noch bringen mag. Noch hat kein Sonnenstrahl die Wasserfläche berührt. Das Zittern des Wassers malt mir das Bild, als erwarte eine Braut zitternd ihren Bräutigam, bereit, sich ihm hinzugeben, wenn er nur käme. Ich überlege, ob um diese Jahreszeit die Sonne in diesen Kessel noch eindringen kann, oder ob der steil über dem See aufgerichtete, gewaltige Kamm ihr den Einblick verwehrt. Bevor ich den Gedanken zu Ende bringe, spüre ich Rolfs Unruhe. Er hat seinen Rucksack wieder aufgeschnallt, geht zaghaft die ersten Schritte.

Wenige Meter, eine leichte Wegbiegung nach links, wir stehen am Kleinen Teich. Vor dieser herrlichen Baude. Stolz thront ihr Glockentürmchen auf einem der Dächer. Das silbergraue Holz lässt ihre Gemütlichkeit bis nach außen strahlen.

»Komm, wir gehen hinein«, sagt Rolf. »Als ich mit Ina hier war, haben wir eine sehr gute Rote-Beete-Suppe bekommen, vielleicht gibt es die heute auch.«

In der Baude hat sich nichts verändert. Ich bin überzeugt, es sind noch die gleichen Tische, die gleichen Stühle wie in meiner Kindheit. Gemütlichkeit, der Schlesier sagt *gemietlich*, strahlt aus jeder Stube. Hier möchte ich einmal für zwei, drei Tage verharren. In der vorderen Stube sitzen junge Menschen, unterhalten sich fröhlich, polnisch, mein *dzien dobry* beachten sie nicht. Wir treten an die Theke, aus der Küche trifft uns ein Blick, doch niemand kommt, um uns zu bedienen.

Ich setze mich an einen der Tische und zeige Rolf die über mir an der Decke wie Trophäen aufgehängten abgebrochenen Skispitzen. Es sind echte Holzspitzen, wie man sie früher besaß, heute fährt man auf Karbon oder Kunststoff, Bruchstücke also, aus einer Zeit, die auch abgebrochen ist. Rolf ist erstaunt; vor einem Jahr, mit Ina, sind sie ihm nicht aufgefallen. Darüber wundere ich mich nicht(!), nur darüber, dass niemand an die Theke kommt. Wir reden absichtlich laut, man muss uns bis in die Küche hören. Rolf verzichtet schließlich auf seine Rote Beete. So hatte ich mir meinen (letzten?) Besuch meiner Lieblingsbaude nicht vorgestellt.

Beim Aufstieg zur Hampelbaude ein letzter Blick zurück. Letzter Blick? Inzwischen weiß ich mit Abschieden umzugehen. Von hier, auf halber Höhe, liegt der ganze Teich vor uns. Noch immer spiegelt sich kein Sonnenstrahl in seinem Wasser. Lachen und unverständliche Worte tönen herauf, eine Wandergruppe schart sich um die Außentische vor der Baude. Hinten, beim Abfluss des Teiches, kommen über grob aufgeschüttete Steine neue Wanderer heran. Bevor die Stille des Tales zerbricht, wende ich mich um, mein Weg geht weiter. Mich quält der Gedanke, war das nun mein letzter Blick? Doch ich drehe mich nicht mehr um. Mein Herz ist voll Sehnsucht, das spüre ich jetzt schon. Unabänderlichem darf die Existenz nicht abgesprochen werden. Das habe ich schon einmal, weit weg von hier, sehr schmerzhaft erlebt. Dies sind Momente, in denen der Verstand das Herz besiegen muss. Muss!

Über grobklotziges, einfach in den Weg geschüttetes Gestein geht es bergan. Plötzlich überfällt mich großes Erstaunen. Im oberen Teil des Weges zur Hampelbaude ist das Steinwirrwarr gelöst, die Steine sind geordnet verlegt, die flachen Seiten nach oben. Heureka! Sie scheinen zu wissen, wie es geht.

Wir gehen an der Hampelbaude vorbei. Ich denke an den früheren Besitzer, Carl August Hampel, an dessen letzter Ruhestätte auf dem Friedhof neben der Kirche Wang ich gestern noch gestanden habe. Seine Baude heißt jetzt *Strzecha Akademicka*, vermutlich gehört sie der Akademischen Jugend Polens. Hier scheint die Sonne, viele junge Menschen erwärmen sich an ihr, lachen, sprechen in ihrer für mich unverständlichen Sprache, wir gehen vorbei. Wir wollen ja auf die Schneekoppe.

Nun sind wir wieder auf der für Versorgungsfahrzeuge befestigten Straße. Während rechts der noch immer höher liegende Kamm die Sicht ins Böhmische verwehrt, fliegt zur Linken der Blick weit ins schlesische Land. Der wolkenlose Himmel wirft keine Schatten. Der große Talkessel um die Stadt Hirschberg wird im Hintergrund begrenzt vom Bober-Katzbachgebirge. Dort drüben, in Kammerswaldau, lebte meine Taufpatin, bei der ich meinen ersten Alleinurlaub verbrachte. Ohne Obhut der Mutter. Sieben oder acht Jahre alt war ich damals. Sehnsüchtig blicke ich hinüber und suche meine so glückliche Kindheit und erinnere zugleich, wie ich damals von dort drüben sehnsuchtsvoll herüber auf das Riesengebirge geblickt habe in der Hoffnung, meine Beine würden bald als fähig erklärt, diese Berge zu besteigen. Jetzt, da die Beine alt sind, verkehrt sich die Frage.

Es geht stetig bergauf. Auf den grobklotzig gepflasterten Weg achten, entgegenkommenden Wanderern ausweichen, die Gedanken nicht enteilen lassen. Langeweile kann nicht aufkommen.

Auf dem Koppenplan angekommen haben wir gut 600 Höhenmeter bezwungen. Menschen wimmeln herum. Von allen Seiten drängen sie herbei. Von der Bergstation der Seilbahn kommen die meisten. Andere steigen schon von der Schneekoppe herunter, sie waren wohl die ersten Liftbenutzer.

Direkt neben mir erklärt eine großmächtige Tafel den Wegrand als Grenze zu Tschechien. Doch das alles tangiert mich nicht. Ich sehe nur die majestätische Gestalt der Schneekoppe. Mein Herz pocht schneller als beim bisherigen Aufstieg. So fragil meine Gedanken unten am Kleinen Teich auch gewesen sein mögen, hier dominiert die Größe. Das Urgewaltige.

Wir setzen uns auf eine Bank an der Außenseite des Schlesierhauses, das jetzt Pod Sniezka heißt, doch das kümmert mich nicht, ich habe ja die Schneekoppe voll im Angesicht. Einkehren wollen wir erst nach dem Abstieg, jetzt gilt es nur Atem zu schöpfen, einen Schluck Wasser zu nehmen, eine Banane zur Stärkung.

Es ist alte Sitte zum Anstieg auf die Koppe den Zickzackweg zu wählen, der in kürzester Linie auf den Gipfel führt, zum Abstieg dann den bequemen Jubiläumsweg, der sich rund um den Bergkegel schmiegt.

An magischen Orten geschehen magische Dinge. Plötzlich habe ich Annettes Worte im Ohr: *Vater, übernimm dich nicht.* Was soll diese Botschaft? Jetzt und hier. Doch wenig später erkläre ich Rolf, ich werde den Aufstieg über den Jubiläumsweg nehmen. Noch nie bin ich über diesen Rundweg nach oben gegangen, aber mein Entschluss steht fest, er kommt von der inneren Stimme. Die ersten Meter gehen wir noch gemeinsam, dort wo sich unsere Wege teilen, sage ich scherzhaft zu Rolf: Mal sehen, wer als Erster oben ist.

Ich setze herzhaft die Stöcke ein und wähle ein Tempo, das mir selbst zu hoch erscheint. Die Steine stechen oft spitz aus dem Weg, mein Blick bleibt am Boden haften. Hier, weit über der Baumgrenze, wäre der Ausblick eine Augenweide, doch ich darf nicht stolpern, gar stürzen, so vertröste ich mich auf den Abstieg, da will ich mir Zeit nehmen, um in den tief abfallenden Melznergrund zu blicken.

Ich beginne zu schwitzen, mein Hemd klebt am Körper. Nur gut, dass ich die weiße Kappe trage, die Sonnenstrahlen würden meine hohe Stirn sicher verbrennen. In mir brennt etwas anderes, der Ehrgeiz. Wer mich kennt weiß das. Ich möchte vor Rolf oben sein, welch ein Irrsinn. Will mir beweisen, wie fit ich noch bin. Alle vor mir laufenden, meist älteren Leute, überhole ich. Nur einmal werde ich von zwei jungen Menschen überholt, ich gönne ihnen ihre Jugend. Je höher mich der Rundweg führt, um so heißer brennt die Sonne. Über die Grenze zu Tschechien stolpere ich fast, eine bergab wandernde Gruppe ruft mir auf polnisch etwas zu, was wohl heißen soll, ich solle langsamer gehen. Sie lachen. Ich stürme weiter.

Oben angekommen. Rolf ist noch nicht da. Zehn Minuten später sehe ich ihn die letzten Stufen des Zickzackweges herauf steigen. Im dichten Menschenstrom kann er nicht schneller schwimmen. Außerdem ist Rolf vernünftiger als ich. Ich weiß es, ich kenne meine Schwächen, ich bin schließlich alt genug.

Auf der Schneekoppe!

Ich gehe in die Laurentiuskapelle, spreche ein stilles Dankgebet. Danach spaziere ich hinüber zu der Stelle, an der Annemarie vor sieben Jahren so lange gestanden hat, um in die Heimat, ins schlesische Land zu schauen. Wenn es einen Ort gibt und einen Zeitpunkt, an dem sich der Himmel öffnet, dann ist das hier und jetzt. Ich gratuliere meiner verstorbenen Frau zum Geburtstag und danke ihr für die gemeinsamen Jahre und vier wunderbare Kinder.

Beim Rundgang auf die tschechische Seite erschrecke ich. Bis auf das Postgebäude ist alles weggerissen. Abrissholz stapelt sich. Der tschechische Lift, der von Süden her bis hier nach oben führt, spuckt unablässig Menschen aus. Viele trauen sich nicht über die Grenze, die mitten über die Schneekoppe verläuft. Sie haben kein polnisches Geld, um in der Koppengaststätte einzukehren. Der Euro ist hier noch nicht angekommen. Während ich die Menschen an der unsichtbaren Trennlinie abprallen sehe, nähert sich aus dem Hirschberger Tal ein kleines Sportflugzeug der Koppe, dreht aber schnell wieder ab, auch für die in der Luft gilt die hier gezogene, imaginäre Grenze.

Alles in mir sträubt sich die Gaststätte auf der Koppe *Schneekoppenbaude* zu nennen. Das futuristische Gebäude, einem aus dem Weltall herangeschwebten Ufo ähnlich, mag in die moderne Zeit passen, den Scharm einer Baude besitzt es nicht. Wir gehen trotzdem hinein. Es wuselt nur so von Menschen im babylonischen Sprachengewirr. Die deutschen Stimmen sind die lautesten. Rolf ordert mir eine Cola, während ich nach einer Sitzgelegenheit Ausschau halte. Meine mit den Händen angedeutete Frage, ob an diesem Tisch noch Sitzgelegenheit für uns sei, wird von einem Mann und einer Frau mit *tak* beantwortet. Wir nicken uns zu, unterhalten können wir uns leider nicht. Plötzlich hellt sich das Gesicht des Mannes auf, er zeigt auf meine Stöcke und ahmt die Bewegungen eines schnellen Läufers nach. Wir lachen uns an. Der Mann hat mich wiedererkannt, ich habe die beiden beim Aufstieg über den Jubiläumsweg sehr forsch überholt. Ein Lächeln, ein Nicken, dann blockiert die Sprachbarriere wieder unsere Annäherung.

Wieder draußen. Die frische Luft tut gut, doch die gleißende Sonne zeigt ihr ihre Grenzen. Kein Lufthauch ist zu spüren. Ungewöhnlich. Die Schneekoppe sei höchstens an einhundert Tagen im Jahr wolkenfrei, sagen die Riesengebirgler, uns strahlt sie an jedem der zehn Tage.

Den Abstieg gehen wir gemächlich und gemeinsam an. In der ersten Rundung laufen wir über tschechisches Gebiet. Mein Blick fliegt weit übers Aupatal. Dort unten liegt, eingebettet zwischen den Bergen, Marschendorf, ein Gebirgsort, der uns bei unserer Flucht aus Schlesien im Februar 1945 für zwei Wochen Zuflucht gewährte. Am 26. Februar bestiegen wir in Freiburg den letzten Zug, fuhren um 20 Uhr endlich ab, der Geschützdonner wurde immer lauter, kam näher, doch alles ging gut. Am nächsten Tag kamen wir dort unten in Marschendorf an, durften zwei Wochen bleiben, um dann erneut den Zug zu besteigen, Richtung Bayern. Am 19. März erreichten wir Schwarzenstein, was meine neue Heimat werden sollte. Ich denke an Achim und Doris und ihre Mutter, die mit uns fuhren.

Ich folge Rolf. Der Weg dreht sich, und damit mein Blick, wieder hinein ins Schlesische. Nach Polen. Die Metamorphose muss vollzogen werden. Hinter den Vorbergen ahne ich meine Geburtsstadt Waldenburg, daneben die Orte, die ich meine Heimat nenne: Polsnitz und Freiburg. Dort, hinter den blauen Bergen.

Eichendorffs Verse fallen mir ein: *Und meine Seele breitet weit ihre Flügel aus, fliegt über weite Lande, als flöge sie nach Haus.* Ich verweile, bleibe zurück, breite meine Arme, möchte fliegen.

Rolf scheint zu spüren was ich fühle, er wartet auf mich. Die Begrenzungsmauer zum steil abfallenden Melznergrund ist brüchig, meterlange Löcher gähnen in den Abgrund. Wir müssen wieder auf den Weg achten. Nicht stolpern. Rolf spricht endlich die beiden Wörter aus, die mir auf der Zunge brennen.

Wir sind jetzt auf halber Höhe, das Schlesierhaus leuchtet in prallem Gelb zu uns herauf. Ameisengleich huschen unzählige Menschen über den Koppenplan. Bald werden Rolf und ich zu ihnen gehören.

Es ist Zeit etwas Ordentliches zu essen. Wir kehren im Schlesierhaus ein, ich suche wieder nach einem Platz, Rolf organisiert das Essen. Er bringt mir Schlesische Klöße mit Gulasch. Wir sitzen nicht weit entfernt von der Stelle, an der ich 1944 mit Onkel Karl gesessen habe. Diese Einkehr ist mir in tiefer Erinnerung geblieben. Es gab damals, es war das vorletzte Kriegsjahr, nur eine dünne Gemüsesuppe, was einen am Nachbartisch sitzenden Mann, der das Goldene Parteiabzeichen trug, zum Maulen veranlasste. Onkel Karl, ein überzeugter Nazigegner, sagte zu mir: »Erst machen sie Krieg, und dann wundern sie sich, wenn es kein richtiges Essen mehr gibt«. Wie Recht er hatte.

Heute sitzen neben uns zwei junge, fröhliche Gesichter. Junge Deutsche gibt es hier kaum, also schließe ich auf Polen, was eine Unterhaltung unmöglich macht. Überraschend spricht mich der junge Mann auf deutsch an, fragt, über welchen Weg wir heraufgestiegen sind. Wir unterhalten uns angeregt. Er und seine Freundin sind Norweger, auf Urlaub im Riesengebirge! Es beschämt mich. Unsere Kinder haben in der Schule kaum etwas über Sachsen und Thüringen gelernt, geschweige über Schlesien. Sie wandern in den Alpen, im Schwarzwald, im Fichtelgebirge. Riesengebirge? Wo liegt das?

Mit einem letzten Blick hinauf zur Koppe beginnen wir unseren Abstieg. Wir treiben mit im großen Zug, der sich zur Bergstation des Lifts bewegt, brechen aber rechtzeitig aus der Menschenmenge aus, gehen nach links, wir wollen zu Fuß absteigen. Der Schlesierhausweg führt direkt hinab zur Talstation. Vor vier Jahren bin ich mit Annette diesen Weg heraufgestiegen.

Nur wenige Wanderer begleiten uns. Um bei der Kirche Wang anzukommen, verlassen wir in der Seifengrube, durch die laut plätschernde glasklare Quellbäche in die Tiefe stürzen, diesen Weg, (der Norweger hatte uns gewarnt vor den wild aufgeschütteten Steinen, die ihm den Aufstieg über den Schlesierhausweg fast unmöglich gemacht haben), und steigen Richtung Hampelbaude wieder nach oben. Junge Mädchen überholen uns, lachen, quirlen in ihrer polnischen Sprache, haben es eilig.

Der Platz vor der Hampelbaude ist gefüllt mit jungen Menschen, auch unsere vier Überholerinnen lagern am Wegrain. Die Hampelbaude trägt jetzt den Namen *Strzecha Akademicka,* so vermute ich, dass heute, am Wochenende, ein Treffen junger Studenten stattfindet. Ihr Lachen ist frei und fröhlich, ich gönne es ihnen, fühle mich selbst aber alt, müde und vor allem sprachlos, fühle mich hier fehl am Platze und gehe vorbei.

Verstrickt in Gedanken an den Wandel der Zeiten führe ich meinen Begleiter in einen falschen Weg, doch Rolf merkt es sehr schnell, wir kehren zum richtigen Weg zurück. Der sächsische Schwabe beschämt den Schlesier.

Wir sind rechtzeitig zum Abendessen zurück. Unsere freundliche Bedienung bringt uns zuerst eine warme, kraftvolle Suppe, danach gebratenes Fleisch. Unser Hunger wird ausreichend gestillt.

Rolf ist es, der auf einem Plakat entdeckt, dass am heutigen Abend in der Kirche Wang ein Violinkonzert stattfindet. Einen schöneren Abschluss dieses überaus anstrengenden, aber auch genussvollen Tages kann ich mir nicht vorstellen.

Wir sind nur sieben Zuhörer. Schade, denke ich, doch es ist schon das dritte Konzert, welches das Duo *Jak Amadeusz* hier in der Kirche Wang gibt. Außerdem weiß ich von meinem Sohn Matthias, dass Kirchenkonzerte nicht immer Publikumsmagnete sind.

Andrzej Gniewek, im korrekten Frack, und seine Ehefrau Urszula, sie trägt ein strahlend blaues, knöchellanges Biedermeierkleid mit Reifröcken, beide Violine, spielen Werke von Haydn, Pleyel, Stamitz und

Thelemann. Es ist bezaubernd schön. Die Harmonie der Instrumente findet ihr Echo in den strahlend lächelnden Gesichtern der Künstler. Die Akustik der kleinen Holzkirche bindet die Töne zu einem bunten Strauß. Ich schwelge im Glück. Erst die erfolgreiche Wanderung zur Schneekoppe, dort die Geburtstagsgedanken, und jetzt, körperlich müde und satt, dieser Kunstgenuss in diesem wunderbaren Raum. Ich danke Gott für diesen Tag.

*

Sonntag, 4. September

Es ist Sonntag.

Ich habe traumlos geschlafen. Das Gefühl daheim zu sein hat mich ruhig werden lassen. Die Nähe dieser lieblichen Kirche und das Bewusstsein, den langen Auf- und Abstieg zur Schneekoppe mit Bravour gemeistert zu haben, lassen mich froh den Sonntag erwarten. Wieder geht mein erster Blick hinauf zur »alen Gake«. Sie muss es sich gefallen lassen, dass ich sie in meiner überquellenden Freude so nenne. Der weite Himmel hält sie umfangen. Kein Wölkchen wagt sich an sie heran, nur meine Sehnsüchte kann sie nicht fernhalten. Es ist herrlich, dieses Zimmer bekommen zu haben, von dem aus ich unablässig meine Augen an ihr weiden kann. Doch jetzt heißt es sputen. Punkt acht Uhr wollen wir am Frühstückstisch sitzen, um danach zum Gottesdienst in die Kirche Wang zu gehen.

Rolf wartet am immerwährend plätschernden Brünnlein. Schon an der ersten Treppenstufe spüre ich meine überanstrengten Waden. Ich hatte sie zwar vor der Reise durch mein Nordic-Walking ans ausdauernde Laufen gewöhnt, nicht aber an das oft steile auf und ab über grobklotzige Steine.

In unserem Lokal werden wir mit einem fröhlichen *dzien dobry* und auch einem *Guten Morgen* begrüßt. Speisen, die mit einem Lächeln serviert werden, schmecken doppelt gut – so ergeht es auch uns.

Nach dem gestrigen Konzertabend betrete ich nun schon zum zweiten Mal dieses wunderbare Kirchlein. Für Schlesier steht es in einer Reihe mit dem Breslauer Dom, den Friedenskirchen in Schweidnitz oder Jauer, der Gnadenkirche in Hirschberg, den Klosterkirchen in Leubus und Grüssau. Und ist doch so klein. Hier, im Mittelgang, habe ich 1943 mit meiner Mutter gestanden und den Erklärungen zugehört. Sie liebte dieses Kirchlein wie ich es jetzt liebe. Mutti, hörst du mich?

Die Plätze sind zur Hälfte besetzt, für eine evangelische Kirche im katholischen Polen eine große Herde. Ein evangelischer Geistlicher aus Ostfriesland hält den Gottesdienst in deutscher Sprache, anschließend wird Pastor Pech den evangelischen Gottesdienst in polnischer Sprache feiern. Schade, ich hätte gern Pastor Pech predigen gehört, seine frische, aufmunternde Art gefällt mir. Der Ostfriese, von der Nordelbischen Kirche zur Entlastung des einheimischen Pastors abgeordnet, predigt über einen strafenden Gott, der nicht der meine ist. Für mich ist Gott die reine Liebe, Vergebung statt Strafgericht – ich höre nicht mehr zu, lasse meine Gedanken abschweifen, zurück zum Kleinen Teich, hinauf auf die Schneekoppe und weit voraus nach Freiburg und Polsnitz, wohin wir in wenigen Tagen fahren werden.

Mir bleibt Zeit, die Aura dieses Kirchleins in mir aufzunehmen. Das honigfarbene Holz, das durch die flackernden Kerzen des Altars ein anheimelndes Licht erhält, steht in seiner Wärme im krassen Gegensatz zu den Worten des Strafe verkündenden Ostfriesen. Ich ziehe mich in mich selbst zurück. Meine Gedanken kreisen um die Wortfetzen: *Vergib, so wird auch dir vergeben!* und: *Liebe deine Feinde wie dich selbst!* Nach diesen Gedanken stören mich die polnischen Worte nicht mehr, die den Altartisch umrahmen.

PAN MOJ i BOG MOJ.

Dieses Kirchlein gehört jetzt polnischen Christen. Dass es, wie vom Ursprung her, evangelisch bleiben durfte, ist schon eine große Freude wert. Unsere Eltern haben, bis auf wenige Ausnahmen, in *ganz* Deutschland, von Ostfriesland bis Schlesien, von Ostpreußen bis Bayern, einem Führer zugejubelt, der versprochen hatte Deutschlands Grenzen zu verändern. So ist es gekommen, auch wenn wir uns das so nicht vorgestellt haben. Nicht die polnischen Altarworte bleiben mir im Hals stecken, es sind meine kindlichen Heil-Schreie, die ich gern ungeschrien machte. Jetzt, da ich diese Worte denke, spüre ich, wie mein Verstand mein Herz zu besiegen beginnt. *Herr, vergib uns unsere Schuld, wie auch wir vergeben unsern Schuldigern,* bete ich mit der Gemeinde, und ich meine es auch so.

Rolf lädt zu einer sonntäglichen Autofahrt ein, was meinen strapazierten Waden sehr willkommen ist. Unser erstes Ziel ist Bad Warmbrunn, eines der ältesten Bäder Deutschlands. Wir finden eine Parkmöglichkeit neben einer Kirche und ich sehe voll Erstaunen, dass ein evangelischer Pastor seine Gemeinde vor der Tür verabschiedet. Unter den Frauen, die die Kirche verlassen, entdecke ich die Violinistin, die uns den gestrigen Abend so verschönt hat. Auch sie erkennt uns wieder, wir plauschen, doch ihr deutscher Wortschatz ist begrenzt. Schade. Ich würde so gern polnisch sprechen können.

Wir gehen am großen Schloss der Grafen von Schaffgotsch entlang, dessen Familie einmal das halbe Riesengebirge gehörte. Ich denke aber nicht an den unendlichen Reichtum, den diese Familie besaß, in meiner Erinnerung sehe ich ein Foto, welches im *Schlesischen Gottesfreund* abgebildet war und deutsche Bewohner zeigte, wie sie, bewacht von bewaffneter polnischer Miliz, mit Koffern bepackt zur Vertreibung bereit standen. Schuld hat so viele Gesichter.

Langsam nähern wir uns dem nahen Kurpark. Musik tönt herüber. Kurkonzert, wie in alten Zeiten. Eine Folkloregruppe in polnischen Trachten singt volkstümliche Lieder. Es ist nicht wichtig, die Worte zu verstehen, der Klang der Stimmen überwindet alle Grenzen.

Die Wege des Kurparks sind vollgestellt mit Verkaufsbuden, zwischen denen sich viele Menschen tummeln. Kirmes, denke ich, werde aber eines Besseren, eines für mich völlig Überraschendem, belehrt. Imkermarkt. Nicht nur Honig und Honigwachskerzen werden angeboten, auch alle Utensilien, die ein Imker für seine Bienenzucht benötigt, sind hier zu finden. Und wieder überschlägt sich mein Herz! Im Frankenwald, in Schwarzenstein, habe ich bei Johann Rittweg, dem Alberts Hannla, erste Kenntnisse der Bienenzucht erworben und später, in Brasilien, mit zirka 90 Bienenvölkern Geld verdient.

Eine wehmütige Gedankenschnur zieht durch meinen Kopf: Schlesien, Schwarzenstein, Brasilien, Schlesien, und alles trägt einen Namen; wer es zu deuten weiß, deute.

Natürlich will ich mir Honig kaufen, möchte aber vorher wissen, von welchen Blüten die fleißigen Bienen ihn eingesammelt haben. Hier versagen aber alle unsere Sprachkünste. Weder Name noch Größe, Farbe, Aussehen der Blüte lassen sich durch Hände beschreiben. So kaufe ich einen hellen und einen dunklen Honig, wichtig ist mir, dass er von Blüten im Riesengebirge stammt. Alles andere tritt in den Hintergrund.

Weiter geht die Fahrt, der Sonntag ist voller Höhepunkte. Rolf fährt mit mir nach Agnetendorf, zu Gerhart Hauptmann. Den Weg zu finden ist uns nicht schwer, wir fühlen uns hier in dieser Gegend wie zuhause.

An der Straße ist ein neuer Parkplatz angelegt, Rolf dirigiert sein Auto aber zu dem uns seit Jahren bekannten Platz. Auf der großen Wiese unterhalb des »Haus Wiesenstein« liegt schweigend das Kinderheim, welches mit deutschem Geld erbaut wurde. Nachdem der bereits tote schlesische Dichter Gerhart Hauptmann von den Polen aus seinem Haus vertrieben wurde, benützte man sein Haus als Kinderheim. Um dieses Kulturgut, das Haus eines Nobelpreisträgers, zu retten, verständigten sich die Regierungen auf einen Neubau für die Kinder. Nie ist Geld sinnvoller ausgegeben worden als hier.

Je näher ich dem *Haus Wiesenstein* komme, wächst die Beklemmung in meiner Brust. In mir malen sich Bilder, die ich, ein Dreizehnjähriger, gesehen habe: Gerhart Hauptmann geht, (nein, er geht nicht), er wandelt, mit seiner Frau zwei Meter an mir vorbei, auf der Bolkoburg in Bolkenhain, zur Freilichtaufführung des »Grünen Heinrichs« von Kleist.

In einer Gruppe von etwa sieben Jungs sind wir mit dem Fahrrad von Polsnitz nach Bolkenhain gefahren, eine Tortour, alle drei Kilometer musste ich absteigen, Luft nachpumpen, heute ist das alles nur noch ein Lächeln wert – ich habe Gerhart Hauptmann gesehen! Seine gedrungene Gestalt, in einen Cape gehüllt, hoch erhoben der mächtige Kopf, vom weißen Haar prachtvoll eingerahmt, nur so habe ich mir immer einen Dichter vorgestellt. Dass ich einmal, um an sein Grab zu treten, bis an die Ostsee fahren muss, habe ich damals nicht erahnen können; jetzt, hier im Rückblick, empfinde ich es als einen der Wermutstropfen, die meine Freundschaft zu Polen gar mächtig trüben. Einen toten Dichter, im Sarg(!), aus seinem Haus zu vertreiben, ist einer Kulturnation nicht würdig.

Auch das Grab von Carl Hauptmann, Gerharts Bruder, ebenfalls ein hervorragender Dichter, hier im nahen Niederschreiberhau, wurde weit nach Kriegsende, 1980/81, geschändet, der Grabstein mehrfach zerschlagen. Ist es damit getan mit Christus zu sprechen: *Herr, vergib Ihnen, denn sie wissen nicht was sie tun?*

Mit diesen Gedanken gehe ich über die Treppe, über die der Sarg hinausgetragen wurde, ins Haus, betrete die wunderbare Halle mit dem großen Kamin, vor dessen Feuer er am Abend immer gesessen ist. Die Fresken an den Wänden sind überwältigend. Der schlesische Maler Avenarius hat sie nach Szenen aus Hauptmanns Werken gemalt. *Hanneles Himmelfahrt* glaube ich zu entdecken, Szenen aus dem *Narr in Christo Emanuel Quint*, aus *Die versunkene Glocke*, aber auch aus seiner *Atriden-Tetralogie*, dem wunderbaren Roman von *Der Insel der Großen Mutter*, dem *Meerwunder* – grandios der Dichter, grandios der Maler.

Gerhart Hauptmann soll oft lange diese Gemälde betrachtet haben, aus ihnen Gedanken gesogen für Neues.

Wandgemälde im Gerhart-Hauptmann-Haus

Leider ist der Aufgang zum ersten Stock gesperrt. Rolf war mit Ina im vergangenen Jahr oben, mir wird es heute verwehrt. Am liebsten würde ich mich in den großen Sessel am Kamin setzen und träumen, eine Gruppe Neuankömmlinge zerstört meinen Wunsch.

Schweren Herzens verlasse ich dieses Haus, das mich wie in einen magischen Kreis gebunden hat, betrachte im Park eine Skulptur, die hier aufgestellt wurde, warum gerade diese weiß ich nicht.

In New York ist es jetzt neun Uhr in der früh, Zeit für Rolf an Ina eine SMS mit einem Morgengruß zu senden. Seine Gedanken ziehen ganz andere Kreise.

Aber eine Überraschung hält der Tag für mich noch bereit. Ich lade Rolf, nachdem er wieder im Hier und Heute gelandet ist, zu einem Kaffee ein. Im Keller des Gerhart-Hauptmann-Hauses, vorbei am Weinkeller des großen Geistes, (auch in seinem Haus auf Hiddensee bin ich in seinem Weinkeller gewesen; er bevorzugte *Ihringer Winklerberg*), finden wir unter gewaltigen Gewölbebögen einen nett eingerichteten Raum, es wird uns Kaffee und schlesischer Mohnkuchen serviert, Herz was willst du noch mehr!

Auf dem Weg zum Auto drehe ich mich immer wieder um, will nicht loslassen von diesem Ort, bleibe bei einem Verkaufsstand für Glaswaren sogar stehen, kaufe Gläser der Juliahütte, (die in deutscher Zeit den Namen Josephinenhütte trug), sie sollen mir die Nähe dieses für mich so magischen Ortes mit in mein Haus nehmen.

*

Montag, 5. September

Kammwanderung vom Mittagstein zum Spindlerpass.

Heute wollen wir Rolfs Wunsch erfüllen.

Mein sächsischer Schwabe hat das Riesengebirge in den letzten Jahren bei vielen Wanderungen lieben gelernt, so ist sein Wunsch verständlich, den gesamten Gebirgskamm, entlang gewandert zu sein, vom Reifträger bis zur Schneekoppe. Es fehlen ihm nur noch wenige Kilometer, die Strecke vom Mittagsstein zum Spindlerpass. Das klingt sehr einfach, es gilt aber zuerst einmal den Kamm zu erklimmen. 600 Meter Höhenunterschied sind zu überwinden.

Nach gutem Frühstück beginnt unser Aufstieg. Wir haben etwas Verpflegung dabei, bis zur Spindlerbaude gibt es keine Einkehrmöglichkeit. Ich weiß, es wird ein beschwerlicher Weg und nehme mir vor, meine Kräfte gut einzuteilen. Die Verspannung ist aus meinen Waden noch immer nicht gewichen, Laufprobleme werden aber erst beim Abstieg auftauchen. Bis dahin ist noch ein langer Weg.

Die Sonne strahlt wieder von einem wolkenlosen Himmel. Die Frische des Morgens dringt tief in mich ein. Es sind nicht nur Nase und Mund, die sich voll saugen, Haut, Haar und sogar die Augen können nicht genug haben.

Carl Hauptmann hat einmal geschrieben:

Wenn ich hoch oben geh,
Schwinden die Qualen,
Fängt mir die Sonne an,
Schlösser zu malen.
Und rings die weite Welt
Ist für mich hingestellt.

Wenn ich hoch oben geh,
Wird mir so frei.

Noch bin ich nicht oben, aber das Gefühl, das Carl Hauptmann beschreibt, beginnt schon in mir aufzusteigen.

Der steile Erstanstieg auf dem Fahrweg erscheint mir heute kürzer als sonst, sehr schnell erreichen wir den Platz, auf dem einmal die Schlingelbaude stand. Der Name *Polana* bezeichnet jetzt diese Stelle. Aus dem Hochwald ragen zur Rechten weit über die Baumspitzen hinaus gewaltige Steinformationen. Das ist unser erstes Ziel, die Dreisteine. Wir biegen vom Hauptweg nach rechts, der Weg führt uns über die Wiesen, auf denen früher die Kühe der Schlingelbaude weideten. Bald wandeln sich die Wiesen in Hochmoore, über die Holzstege gebaut sind, damit wir trockenen Fußes weiterwandern können. Bis hinauf zum beginnenden Anstieg laufen wir über diese Stege, überqueren kleine Wasserläufe, die alle der Lomnitz zustreben. Rechts und links des Weges grünt und blüht es, ich komme mir so ungebildet vor, weil ich nicht weiß, welche Namen ich über die Wiesenblumen streuen soll.

Weiter oben am Berghang warten die ersten Blüten des Bergenzians auf mich. Ich freue mich über jeden einzelnen der blauen Kelche, ohne zu ahnen in welch großen Mengen mir heute noch diese wunderbare blaue Blume begegnen wird.

Die Blaue Blume, Sinnbild der Sehnsucht. Blau, die Farbe des Himmels, ich möchte gar sagen, die *Sprache* des Himmels. Blau, das wundersame Rätsel; blau der Ort, den es nirgendwo zu geben scheint und der doch da ist, der Utopia heißt. In Freiherr von Eichendorffs Novelle vom *Taugenichts* steht der Satz: *Fort muss ich von hier, und immer fort, soweit als der Himmel blau ist.*

Und nirgendwo ist der Himmel heut blauer als hier. Hier, über dem Land, in dem ich meine Wurzel weiß. Mich wundert nicht mehr, dass meine Augen blau leuchten, ich trage zu viel Sehnsucht in mir. Und Träume. Blau, die grenzenlose Hoffnung, Glaube und Zuversicht, nicht zu vergessen die Treue. *Blaue Berge, grüne Täler...* singen wir Schlesier in unserem Sehnsuchtslied, und das nicht von ungefähr.

Blaue Berge, grüne Täler,
mittendrin ein Häuslein klein,
herrlich ist dies Stückchen Erde,
und ich bin ja dort daheim.

Als ich einst ins Land gezogen,
ha'n die Berg mir nachgeseh'n,
mit der Kindheit, mit der Jugend,
wußt selbst nicht wie mir gescheh'n.

Die Gedanken tragen mich weiter den Weg hinauf, doch immer wieder der Blick zurück, mit den Augen und mit dem Herzen. Die Welt liegt mir zu Füßen, *meine* Welt. Ich könnte mich niedersetzen und verharren, ich bin daheim.

Rolf ist schon voran gegangen. Er hatte recht, als er meinen, am Samstag geäußerten Wunsch, bei der Wanderung zur Schneekoppe schnell mal einen Abstecher zu den Dreisteinen zu machen, ablehnte. Das ist kein Abstecher, es ist ein weiter, aber ein lohnender Weg. Wieder führt uns der Weg zwischen hohen Bäumen bergan.

Bis der erste der Dreisteine plötzlich vor uns steht. Gewaltig hat er sich vor uns aufgebaut, die Baumwipfel weit überragend. Der vorderste Stein lässt mich ein Gesicht erahnen, das unverwandt ins Tal starrt, als halte es Wache mit erhobenem Zeigefinger.

Dreisteine

Es ist aber nicht nur ein einzelner Stein, ein Felsmonument ist es, das in der Breite der Höhe nicht nachsteht. Etwas abgesetzt der zweite der Dreisteine und gegenüber der dritte. Wie Wehrtürme im Dreieck; eng genug stehen sie, um Schutz zu bieten; weit genug, Raum zu geben denen, die sich hier ausruhen oder versammeln wollen.

Bis zu 25 Meter ragen diese Granitfelsen in die Höhe, welcher der Größte ist, wage ich nicht zu entscheiden. Es sind besonders harte Granite, die den Erosionskräften der wilden Natur standgehalten haben. Wir sind jetzt schon in 1204 Meter Höhe. Die Gewalt dieser drei Felsgebilde mit ihren Nebensteinen ist beeindruckend, sie kommen einer kleinen Stadt, einer kleinen Festung, gar einem versteinerten Märchenschloss gleich. Im Schutz dieser Felsen hielten, nach Ende des Dreißigjährigen Krieges, die evangelischen Riesengebirgler heimlich ihre Gottesdienste ab, denn die neuen Herrscher, die Habsburger, Sieger des grausamen und langjährigen Völkermordens, zwangen das schlesische Land in den Katholizismus. Wer im Glauben der Väter bleiben wollte, musste sich verstecken, und so trafen sie sich hier, in der Geborgenheit der Dreisteine, um in ihrem Glauben zu beten. Heute, nach Ende des 2. Weltkrieges, ist meine Heimat, dieses erneut geschundene Land, wieder unter die katholische Glaubenslehre gestellt worden; es gibt in ganz Niederschlesien nur noch sieben evangelische Kirchen.

Hier im Gebirge ist es die Kirche Wang, so müssen sich die evangelischen Riesengebirgler nicht mehr im Schutz der Dreisteine heimlich treffen. Weil mir, seit ich im Riesengebirge bin, immer zum Beten ist, und in der Erinnerung an die damals hier im Schutze der Dreisteine betenden Verfolgten, spreche ich mein Gebet: *Herr, ich danke Dir, dass ich hier in der Geborgenheit dieser Steine ausruhen darf, und ich bitte Dich, gib diesem schlesischen Land deinen Frieden.*

Wieder geht es bergan. Wir nähern uns der natürlichen Baumgrenze. Bäume, die sich zu weit in die Höhe wagen, werden von Wind und Wetter niedergedrückt, in ihrem Wuchs gehemmt. Der Weg ist schmal und zwängt sich zwischen niedrigen Felsblöcken hindurch. Wieder gilt es auf jeden Tritt zu achten, dabei wäre der Blick frei und weit hinunter ins Hirschberger Tal. Ich will mit Rolf Schritt halten, täusche aber immer wieder für mich notwendig erscheinende Erschöpfungspausen vor, um ins Tal blicken zu können. Mein Auge verliert sich in der Unendlichkeit, wo sich das Blau des Himmels mit dem der Sehnsucht vermischt. Hier schränkt das Knieholz meinen Blick nicht mehr ein. Besser als Fichten und Tannen halten sich hier oben die Ebereschen, vielleicht liegt es daran, dass sie im Winter ihre Blätter abwerfen; jetzt aber, im Herbst, leuchten ihre roten Beeren prachtvoll gegen den blauen Himmel. Die roten Beeren prahlen mit ihrem Glanz. Rolf ist mit mir der Meinung, ihre Farbe leuchte hier oben um ein Vielfaches kräftiger als in der Ebene. Vielmehr haben es Rolf aber die Blaubeeren angetan. Er pflückt mal rechts des Weges, mal links. Händevoll schiebt er sie in den Mund.

Wir sind jetzt schon zwei Stunden unterwegs, lediglich drei Menschen sind uns bisher begegnet. Auf der einen Seite ist es schade, dass so wenige Menschen die Schönheit des Riesengebirges abseits der Hauptwanderwege kennen lernen, andererseits ist es für die, die hier wandern, ein tiefes Erlebnis, diese herrliche Natur so ungestört genießen zu können. Alles im Leben kennt eben ein Für und ein Wider.

Stolz und aufrecht ragt nach langem Aufstieg der Mittagsstein hoch oben auf dem Kamm, 1423 m über dem Meeresspiegel, in den stahlblauen Himmel.

Wir haben den Kammweg erreicht. Nur wenige Wanderer lagern im Umkreis. Rolf und ich setzen uns auf eine geschmiedete Bank, in deren Rückenlehne noch die Namen der Stifter verewigt sind. Es sind deutsche Namen mit ihren akademischen Titeln. Professor, Doktor, und was es sonst noch alles gibt. Treudeutsch eben aus dem vorigen Jahrhundert. Während ich mein Brot esse und vom kühlen Wasser trinke, sättigt sich mein Blick an der unbeschreiblich schönen Landschaft zu unseren Füßen.

Aus dem Wald unter uns grüßen die Dreisteine herauf, ich erahne das Kirchlein Wang, das sich hinter einem Waldhügel verborgen hält, schließlich weitet sich der Blick über das Hirschberger Tal hinüber ins Bober-Katzbach-Gebirge, um gleich darauf wieder eingefangen und zurückgeholt zu werden vom dicht neben mir hoch aufragenden Mittagsstein.

Ferne und Nähe, Oben und Unten, Innen und Außen, Gott und die Welt, alles immer wieder im Wechselspiel.

Doch ich darf mich nicht verlieren, wir müssen weiter. Jetzt beginnt die Strecke, die Rolf noch fehlt auf seinem Kammweg. Im letzten Jahr ist er mit Ina den gleichen Weg aufgestiegen, den wir soeben gegangen sind, von hier aber sind sie nach links abgebogen, am Kesselrand des Großen Teiches und später am Kessel des tief unten liegenden Kleinen Teiches vorbei Richtung Schneekoppe. Heute führt uns unser Weg nach rechts in die entgegengesetzte Richtung. Wohl auf, die Luft geht frisch und rein, wer lange sitzt muss rosten …

Unser Blick geht hinab ins Schneeloch, aus dem viele kleine Bäche hinab zu den Baberhäusern und nach Hain fließen. Der Weg ist gut begehbar, wir kommen gut voran. Rechts neben unserem Weg erhebt sich das Kleine Rad, dessen Höhe mit 1388 m angegeben ist. Gewaltiger dagegen, etwas später zur Linken, mit ihren 1436 m die Kleine Sturmhaube, die interessanter Weise höher ist als ihre Schwester, die Große Sturmhaube, die weiter entfernt über der Agnetendorfer Schneegrube thront, für die nur 1424 m gemessen werden. Die, wie zu einem wirren Abfallhaufen hingeschütteten, eigenartig grün leuchtenden Steine der Kleinen Sturmhaube, geben dieser Erhebung eine bizarre Gestalt. Gott sei Dank müssen wir nicht über diesen Geröllberg hinweg steigen, denke ich und richte meinen Blick nach vorn, wo Gebäude auftauchen, fern noch, aber doch bekannt. Noch rätseln wir, sind uns aber bald einig, es muss die Peterbaude mit ihren Nebengebäuden sein. Soweit müssen wir heute gar nicht mehr laufen, die Peterbaude liegt ja hinter der Spindlerbaude, die unser heutiges Ziel ist. Von der Spindlerbaude über die Peterbaude zu den Mädelsteinen und Mangsteinen sind Rolf und ich bei strömendem Regen vor zwei Jahren gewandert, den Weg hat Rolf schon auf seiner Habenseite verbucht.

Die Spindlerbaude können wir erst sehr spät sehen, denn sie liegt in einer Senke. Hier, am Spindlerpass, führt von der tschechischen Seite die Passstraße bis herauf zur Baude. Auf schlesischer Seite ist der Bau der neuen Passstraße durch den Krieg gestoppt worden. So ist hier noch keine Überquerung des Gebirges mit dem Auto möglich. Gut so, denke ich, andere mögen anders denken.

Den steilen Abstieg zur Spindlerbaude über wildes Felsgestein will Rolf nicht mehr gehen, er denkt rational, weiß um den noch weiten Rückweg. Mir ist es recht, denn jetzt hinab klettern hieße später wieder herauf klettern, denn hier, an dem Punkt, an dem wir rasten, beginnt der Gehangweg, den wir für den Abstieg ausgewählt haben.

Andererseits wäre ich gern einmal in der Spindlerbaude eingekehrt, ich habe sie noch nie von innen gesehen. So hat eben das Leben immer zwei Seiten, ich sagte es ja schon.

Beim Abschiedsblick hinüber zur Peterbaude erinnere ich mich an das Jahr 1943. Meine Mutter und ich sind damals von Hain herauf gestiegen, es war ein wunderschöner Julitag. In der Peterbaude haben wir übernachtet und wollten am nächsten Morgen sehr früh aufstehen, um bis zur Schneekoppe zu wandern. Um fünf Uhr klingelte der Wecker, unser erster Blick aus dem Fenster ließ uns erschaudern: über Nacht waren mindestens zwanzig Zentimeter Neuschnee gefallen. Rübezahl hatte uns einen Streich gespielt, so blieb uns nur der sofortige Abstieg zurück nach Hain. Unser Kriegs-Schuhwerk hätte die Strapazen sicher nicht ausgehalten. Wenn ich daran zurück denke, frage ich mich, ob es Rübezahl damals nicht gut mit meinen Kinderbeinen gemeint hat, als er die Schneedecke über den Gebirgskamm gezogen hat.

Rolf hat die ersten Wegzeichen entdeckt und geht voran. Es ist ein sehr schmaler Weg, wir müssen hintereinander gehen. Jeder Einbuchtung des Hanges gibt der Weg nach, führt manchmal sogar wieder bergan, dann wieder hinab, wohin wir ja eigentlich auch wollen. Viele kleine Bäche, manchmal nur Rinnsale, kreuzen unseren Weg. Am stärksten plätschern die Quellwässer aus dem Schneeloch, in das wir vor einigen Stunden von oben hinein geschaut haben. Ist das Sturmhaubenwasser noch zart und verspielt, braust das Silberwasser schon kräftiger über die Felsen. Meine Beine werden schon müde, meine Waden beginnen wieder zu verkrampfen.

Um Rolf zu signalisieren, ich benötige eine Rast, singe ich: *Und in dem Schneegebirge, da fließt ein Brünnlein kalt, und wer das Brünnlein trinket...*, lasse mich vom Wegrand zum Bach hinuntergleiten und fülle meine Wasserflasche voll auf. Rolf hat anderes vor: es ist Zeit für ihn einen Morgengruß per SMS an Ina zu schicken, in New York ist es jetzt Frühstückszeit.

Die Wiesen um uns herum sind übersät mit den blauen Blüten des Gebirgsenzian. Blaue Inseln im steinigen Umfeld. In Gedanken verschicke ich diesen herrlichen Blumengruß, der sich nicht in eine SMS zwingen lässt.

Als ich vom Bachrand wieder zum Weg empor will, muss ich auf den Knien rutschen und mich an den Grasbüscheln hoch ziehen. Meine Lendenwirbel und die Wadenmuskulatur ziehen ihre Schmerzgrenzen.

Am Ende dieses Gehangweges müssten die Dreisteine stehen, wir glauben auch immer wieder, dass diese Steinformation, die wir beim Aufstieg schon erlebt haben, hinter der nächsten Biegung auftauchen müsste, werden aber immer wieder enttäuscht. Lange Zeit führt uns unser Weg bergab, dann fordern die Wegmarkierungen wieder einen recht steilen Anstieg. So schön dieser Weg auch ist, er trachtet nach meiner Leistungsgrenze. Erst als die ersten hölzernen Gehwege über Hochmoorflächen führen, ahnen wir die Nähe der Dreisteine. Der

Kreis unserer Wanderung schließt sich dort, wo wir auf den Weg treffen, auf dem wir aufgestiegen sind.

An der Wegegabelung ist ein guter Rastplatz. Während ich von meinem *Brünnlein* trinke, labt sich Rolf an den Blaubeeren, die hier in großen Mengen wachsen. Er ist noch fit, ihm scheint das andauernde Bücken nichts auszumachen. Ja, ja, die Jugend.

Bald laufen wir über die Wiesen, die zur ehemaligen Schlingelbaude gehörten, ich sehe aber nicht mehr die alten Bilder mit Kühen, Ziegen und anderem Getier, meine Gedanken eilen den Füßen voraus zur Kirche Wang, meinem Zimmer, der Dusche, meinem Bett.

*

Dienstag, der 6. September

Rund ums Riesengebirge.

Nach der gestrigen Anstrengung sollen meine Füße heute wieder einen Ruhetag bekommen. Rolf möchte die tschechische Seite des Riesengebirges kennen lernen, die der Riesengebirgler das *Böhmische* nennt. Wir waren zwar schon in der Peterbaude, haben die Elbquelle und den Elbfall besucht, alles schon im *Böhmischen* gelegen, die größeren Orte in den Tälern kennt Rolf aber noch nicht.

Mit dem Auto geht es zuerst nach Oberschreiberhau, Rolf will sich dort von einem ihm bekannten Frisör die Haare schneiden lassen. So weit ist die Liebe meines schwäbischen Freundes zum Riesengebirge schon gediehen, dass er hier einen Hausfrisör hat. Während er dort verweilt, schlendere ich durch den Ort, frische alte Erinnerungen auf. Irgendwo hier mietete sich Onkel Karl immer ein, wenn wir unsere gemeinsamen Wanderungen unternahmen. Welches Haus das war, weiß ich nicht mehr, ich erinnere mich nur noch des herrlichen Ausblicks von der Veranda des Hauses auf den Reifträger, die alte Schlesische Baude und die Schneegrubenbaude. Beim Abstieg haben wir immer mit weit ausholenden Bewegungen mit unseren Taschentüchern gen Oberschreiberhau gewinkt, meine Tante sollte uns schon von weiten kommen sehen und ein kräftigendes Abendbrot bereit stellen.

Ich wundere mich selbst, welche nebensächlichen Details aus einer Zeit, die über sechzig Jahre zurück liegt, aus der Erinnerung wieder aufsteigen. Während ich so über die alten Zeiten nachsinne, fällt mein Blick in ein Schaufenster mit Holzschnitzarbeiten, darunter ein ,Dichter', der mit einer Schreibfeder in ein dickes Buch schreibt, das auf seinen Knien liegt. Ich zögere, gehe weiter, kehre zurück. Soll ich? Soll ich nicht? – Gute Freunde sind wie irdische Engel: Rolf kommt vom Frisör zurück und löst meine Zweifel auf. Wir treten in den Laden und knallen sofort wieder hart auf die Sprachbarriere. Der Besitzer spricht kein Wort deutsch, auch unser englisch versagt. Also hilft nur die Zeichensprache. Während er alle dicht gedrängt stehenden Figuren mit dem Zeigefinger von oben antippt, gibt ihm Rolf von außen das richtige Zeichen. Die Frage nach dem Preis ließe sich leicht schriftlich beantworten, der Pole beweist uns aber seine Fortschrittlichkeit, er tippt den geforderten Betrag in seinen Taschenrechner ein und zeigt uns die leuchtenden Zahlen. Die Umrechnung von Zloty auf Euro errechnet er ebenfalls mit dem Rechner, nimmt dann aber doch ein Stück Papier zu Hilfe und schreibt die Zahl 100 auf. Zwei Fünfziger ärmer, aber reich an Freude, ziehe ich mit meinem ‚Dichter' von dannen. Jetzt, indem ich dieses Tagebuch schreibe, sitzt er neben mir und lächelt mir aufmunternd zu.

Rolf ist frisch frisiert, ich habe meinen ‚Dichter', uns bleibt beiden eine gute Erinnerung an Oberschreiberhau.

Entlang des Großen Zacken fahren wir bergan, vorbei an Jakobsthal hinauf zum 886 m hohen *Neue Welt Pass*. Von dort geht es hinunter zur polnisch/tschechischen Grenzstation, die wir problemlos passieren. Über den bekannten Wintersportort Harrachsdorf geht es weiter bis Hohenelbe, wo wir nach Spindlermühle abbiegen. Schon nach wenigen Kilometern sind wir wieder tief im Riesengebirge. Auf der böhmischen Seite fällt der Gebirgskamm nicht so steil ab wie auf der schlesischen Seite, hier prägen viele Vorberge die Landschaft. Zwischen dem Planurberg zur Rechten und der Schwarzen Kuppe zur Linken schlängelt sich die Straße wieder höher hinauf. Mal rechts, mal links der Straße fließt die jetzt schon recht kräftige Elbe zu Tal.

Sauber und gepflegt präsentiert sich der Kurort Spindlermühle, er kann mit jedem gleichgroßen Ort in den Alpen mithalten. Wir könnten von hier leicht über die Passstraße hinauf zur Spindlerbaude fahren und die wenigen hundert Meter, die wir gestern eingespart haben, (die Rolf in der Gesamtlänge seiner Kammwanderung also noch fehlen!), leicht absolvieren, wir parken aber auf dem großen Parkplatz und pilgern durch die Stadt. Im Gegensatz zu Polen fällt uns sofort auf, dass hier alles zweisprachig angeboten wird: Tschechisch/deutsch. Rolf lädt mich zum Mittagessen in ein sehr gutes Lokal ein. Die Speisekarte preist uns in deutsch gute Speisen an, auch die Bedienung begrüßt uns in deutscher Sprache. Die böhmische Küche ist weltberühmt, sie hat nach meinem Geschmack auch nichts von ihrem Ruf eingebüßt.

Gut gestärkt und gut gelaunt machen wir anschließend noch einen Bummel durch die Parkanlagen und blicken in das kristallklare Wasser der Elbe, die über große Felsbrocken talwärts springt. Rolf kauft sich eine deutschsprachige Zeitung, weil deren Schlagzeile über den *Untergang der Stadt New ...* berichtet. Er denkt natürlich sofort an New York, wo sich seine Lebensgefährtin Ina zur Zeit befindet, als die Zeitung aber aus dem Stapel herausgezogen wird, entpuppt sich die Stadt als *New Orleans*, die der Hurrikan verwüstete. Trotzdem geht sofort wieder eine SMS an Ina ab, sie wird sie zur frühen Morgenstunde in New York lesen können.

Rolf glaubte, er müsse jetzt die gleiche Strecke wieder zurück fahren, ich lotse ihn aber über Hohenelbe, Jungbuch und Freiheit nach Marschendorf, das ich von der Schneekoppe aus inmitten der blauen Berge mit meinen Blicken gesucht habe. Marschendorf, unsere erste Station auf der Flucht aus Schlesien. Achim, Doris, wisst ihr noch? Rolf fährt mir viel zu schnell durch den Ort hindurch, meine Erinnerungen hängen noch zwischen den Häusern, als wir uns schon im tiefen Aupatal befinden. Links ab über Groß Aupa kämen wir nach Petzer, von wo ich vor sieben Jahren mit meiner Frau und meinem Schwager Herbert zur Riesengebirgstour gestartet bin – uns drängt aber die Zeit, das Abendessen wartet nicht. So schicke ich nur meine Gedanken nach Petzer und zu Herbert Richter von der Richterbaude, der damals unser Bergführer war.

Im romantischen Aupatal geht es aufwärts. Der Wald tritt bis dicht an die Straße heran. Immer wieder überqueren wir das kleine Flüsschen Aupa, bis wir bei den Grenzbauden die tschechisch/polnische Grenzstation erreichen. Der tschechische Grenzbeamte scherzt mit uns auf deutsch über sein, zur Probe eingeführtes elektronisches Datenabfragegerät, sein polnischer Kollege glänzt durch Abwesenheit.

Rolf bedankt sich bei mir, dass ich zur Rückfahrt diese Strecke ausgewählt habe, sie sei wunderschön gewesen. Ich bin mir sicher, er wird sie bei einer späteren Tour seiner Ina zeigen. Zügig geht es über den Schmiedeberger Pass hinab nach Schmiedeberg, hier ist Rolf wieder auf vertrautem Terrain, die Straße von Kowary nach Karpacz ist ihm vertraut. Als wir wieder an der Kirche Wang ankommen, haben wir das gesamte Riesengebirge umrundet, auch für mich ein völlig neues Erlebnis.

*

Mittwoch, den 7. September

Heem, heem, suste nischt ock heem!

Heute kommt mein großer Tag. Wir fahren nach Hause. Heem.
Zuerst Polsnitz unterm Schloss Fürstenstein, danach die direkt angrenzende Stadt Freiburg, beide ein einziges Konglomerat aus Gefühlen und Erinnerungen. Orte, hinter dem Horizont. Was soll ich denken? Was werde ich fühlen?

Ich bin früher als sonst aufgewacht, mein unruhiges Herz ließ mich nicht mehr schlafen. Mein erster Blick sucht die Schneekoppe, wird sie mir einen Rat geben? Ein Zeichen setzen? Das frühe diffuse Morgenlicht dient ihr nicht als Versteck. Alles ist ungenau. Kein Wölkchen verleiht dem Himmel Strukturen. Alles ist deutungslos. Wolkenformationen könnten mir als Himmelszeichen Orientierung geben: hoch aufgeblasene Kumulustürme als galoppierende, nicht mehr zu bändigende Pferde, die mich ängstigen; Zirruswolken, vom Berggeist mit fahrigen Federstrichen an den Himmel gemalt, mich zu verwirren; Schäfchenwolken, welche mir ihren Herdenschutz anbieten, mich beruhigen. Nein, der Himmel steht mir nicht bei, er ängstigt mich durch seine Leere.

Rolf wählt für die Fahrt einen anderen Weg, lässt Hirschberg links liegen, steuert zuerst Schmiedeberg, danach Landeshut an. Ohne es zu ahnen erfüllt er mir einen heimlichen Wunsch. Auf dieser bergigen, kurvenreichen Strecke ist weniger Verkehr, wir kommen gut voran.

Plötzlich überfällt mich ein beunruhigender Gedanke, den ich nicht einzuordnen weiß. Was ist los mit mir? In mir steigt eine wärmende Freude auf, weil ich gewiss sein kann, am Abend wieder im Schutz der Kirche Wang einzuschlafen. Sitzt eine heimliche Furcht vor dem Wiedersehen mit allem, was früher Geborgenheit hieß, hier im Auto? Hinter mir? Neben mir? In mir? Ich möchte meine Augen geschlossen halten, um nicht zu sehen, wie schnell wir meinem *Daheim* entgegen-rollen. Rolf fordert mich aber gerade in diesem Moment auf, ihm zu helfen die Abbiegung zu finden, damit wir nicht bis Waldenburg durchfahren. Nein, nach Waldenburg will ich nicht. Diese Stadt ist für mich nicht mehr als der Eintrag des Geburtsortes in meinem Pass. Polsnitz/Freiburg, dieser nur durch einen knietiefen Bach getrennte Zwilling, trägt meine Kindheit. Ein formeller Zusammenschluss wäre richtig; ja, sagten die Deutschen, das machen wir nach dem Krieg – nach dem Krieg wurden die Orte auch verschmolzen, die neuen Herren erfanden *Swiebodzice*, ein schwieriger Name, meine Zunge mag ihn nicht.

Aufpassen! Rolf will zu früh abbiegen. Nach Bolkenhain. Diese Straße ist er schon mit Ina gefahren. Nein! Gerade aus weiter! Ich lotse in eine kleine, nach links biegende Straße, sie wird uns den Weg abkürzen, durch kleine Dörfer, die noch immer als Perlen in meinem Gedächtniskranz funkeln: Quolsdorf, Fröhlichsdorf, Zeisberg.

Rolf hält sich an die Geschwindigkeitsbegrenzung, mir fährt er viel zu schnell. So schnell kann ich nicht alle meine Erinnerungen, die sich mit diesen Ortsnamen verbinden, aus meinem Gedächtnis abrufen. Vor dem Dorf Zeisberg lockt ein Schild nach rechts: Ruine Zeisburg. Bitte, sage ich nur, Rolf versteht sofort. Zuerst ist der Feldweg gut be-fahrbar, bald bekommt auch ein VW-Golf seine Schwierigkeiten, er ist nicht hochbeinig genug. Wir lassen das Auto am Wegrand stehen, gehen zu Fuß weiter, folgen dem Weg in den Wald, der Weg gabelt, wohin gehen? Als Kind bin ich nie mit dem Auto nach Zeisberg ge-fahren, immer nur mitgetrottet. Außerdem kamen wir immer von der anderen Seite her. Finde ich meinen Kindertraum nicht mehr?

In der Ruine der Zeisburg lebte ein Geist. Ein Gespenst. Ob es noch lebt? Wurde es, wie wir, vertrieben? Ich habe es damals selbst gesehen! Nicht immer. Einmal, ein einziges Mal. Im Eingang zum Kellerverlies habe ich es gesehen, es bewegte sich, als komme es gerade aus der Tiefe herauf. Eingehüllt in eine weiße Nebelwolke, vielleicht so groß wie ein

Kind, und, wenn man genau hin sah, ja, es bewegte sich. Ich habe es gesehen, das Gespenst von der Zeisburg. Es wandelte sich, war mal stärker, mal schwächer. Mutter zeigte es mir:

Sieh, dort!

Ich sah. Während ich erstarrte, bewegte es sich.

Geh' hin, gib ihm die Hand. Es freut sich darüber.

Ich zögerte. Mutter ging quer durch den Burghof, genau auf den Eingang zu, verdeckte dadurch meinen Blick, ich sah nur noch, wie Mutter ihre Hand ausstreckte, hörte, wie sie *Guten Tag* sagte, sich dann lachend zu mir drehte.

Komm her, Angsthase, rief sie mir zu, *das Gespenst ist wieder ins Verlies zurück gegangen.*

Tatsächlich war nichts mehr zu sehen. Langsam wagte ich mich näher, blickte vorsichtig in die Tiefe des Kellereingangs. Nichts blieb zu sehen. Meine Hochachtung vor Mutters Mut wuchs ins Unermessliche. Sie hatte es gewagt, einem Gespenst die Hand zu geben, ihm einen *Guten Tag* zu wünschen. Meine Bewunderung für Mutter ist auch später nicht geschwunden, als sie mir erklärte, dass bei bestimmten Wetterlagen kalte Luft aus dem Kellergewölbe aufsteige und beim Zusammentreffen mit der warmen Sommerluft kondensiere. So entstehe die kleine Nebelfahne, die sich im Luftstrom hin und her bewegt.

Ob auch heute die Luft richtig steht? Zu gern würde ich Rolf dieses Gespenst von der Zeisburg zeigen. Gibt es das Gespenst nicht mehr? Gibt es die ganze Burgruine nicht mehr? Finde ich sie nicht? Ein längeres Suchen verbietet uns die Uhr – enttäuscht schlage ich mein Wasser ab und folge Rolf zurück zum Auto.

Erinnerungen sterben, sobald sie den Kopf verlassen. Was werde ich, am heutigen Tage, noch alles suchen und nicht wiederfinden?

Vom Zeisberg geht es hinab nach Polsnitz. Wir fahren auf Großvaters Straße, die er zu pflegen hatte, mit Schaufel und Rechen. Straßenwärter nannte er sich, lebte in einer Zeit ohne Autos, ohne Asphalt, füllte und glättete Löcher, sorgte für guten Wasserabfluss in den Gräben. Sein Arbeitsleben war in Kilometern zu messen, bergauf, bergab, ob Sommer oder Winter. Nun fahre ich auf Großvaters Straße, schlecht asphaltiert und bilde mir ein, ihn am Straßenrand lachend winken zu sehen. *Jungele, fohr ock vorsichtich a Berg nunner.*

Kurz vor der Stadt, rechter Hand, ein neu angelegtes, riesiges Friedhofsgelände. Ein polnischer Friedhof. *Unser* Friedhof, auf dem mein Großvater, meine Großmutter und alle anderen Vorfahren begraben sind, liegt, wenige Meter nur entfernt, zur Linken. Rolf biegt ein. Er weiß, hier ist meine erste Station. Bei früheren Besuchen fand ich zerstörte Gräber, umgeworfene Grabsteine. An der Stelle, an der meine Tante begraben liegt, stand lange Jahre ein Fußballtor zum Spiel für die Kinder. Was denken Erwachsene, die ein Fußballtor über Gräber stellen? Erzählen sie ihren Kinder, dass sie auf Gräbern herumtrampeln? Weil es Feinde waren? Besiegt Patriotismus Pietät. Grausamer kann ein Krieg nicht enden.

Ich sehe mich um. Alles ist einplaniert, nichts erinnert mehr an die hier bestatteten Menschen, nicht ein einziges Kreuz. Patriotismus besiegt sogar gemeinsamen christlichen Glauben.

Ich weiß die Gräber meiner Vorfahren genau, knie und bete. Rolf sammelt für mich Kastanien aus dem Gras, sie sollen mein Schicksal teilen: aufwachsen in der Fremde. Wenige Meter nur entfernt das Grab des Vaters von Achim und Doris. Ich bete für sie.

Ein letzter Blick, der sieht was ist und was einmal war; das warme Licht einer Herbstsonne hilft mir, lässt Kinderstimmen erklingen, malt Farben über grünes Gras, das hundertfache Wundmale deckt, Wundmale, die weit hinter dem Horizont bluten.

Von der Straße aus zeige ich Rolf die Stelle, an der Opa seinen Schrebergarten hatte. Kindheitsträume von dreißig Kaninchen. Der Schaukel am großen Kirschbaum. Der langen Zinkbadewanne als

Ozean: meine Schwester Ilse an einem Ende in Deutschland, ich am anderen Ende in Amerika. Vorbei, vorbei. Kein Amerika mehr. Nicht einmal Deutschland existiert hier noch. Alles verloren. Nur die Kinderträume sind geblieben.

Am liebsten würde ich gar nicht erst wieder ins Auto einsteigen, gleich hier am Straßenschild beginnt die Straße meiner Kindheit. Jedes Haus beherbergt Namen. Vergessene und Gegenwärtige. Rechts im Sägewerk Dieter, dort Norbert, Günter, Herbert, Gottfried, wie Pfeile schleudere ich die Namen in die Häuser.

Die lange Häuserreihe zeigt der Straße ein freundliches, buntgetünchtes Gesicht; ihre Rückseite, das sehe ich später mit Entsetzen, ist grau, alt und vernarbt. Trotzdem zieht es mich dorthin, in die Höfe, die von Erinnerungen überquellen. Was soll ich schreiben vom Betreten des Hofes, der vollgestapft ist mit abertausend kleiner Kindertritte? Die Gedanken überschlagen sich, springen im Quadrat, fensterauf, fensterab, alle bekannten Gesichter schauen zu mir herab. Hier ist Omas Hof. Hier habe ich mit Eddie, der aus Amerika zu meinem fünften Geburtstag gekommen ist, geboxt, rote Boxhandschuhe brachte er für mich als Geschenk mit. Indianerkleidung. Dort hinten in der Ecke wurde das Schwein geschlachtet, das wir Kinder lange Wochen zärtlich gestreichelt und gefüttert hatten, unser Kinderschrei übertönte das Wimmern des Tieres. Mein Blick kann nicht alles erfassen. Die Schwalben sind noch da, sammeln sich auf den Dachrinnen, sie werden wegziehen, aber wiederkommen, was wir nicht durften. Polnische Stimmen in meinem Rücken, zwei Männer, daneben ein Kind. Mein Blick sucht die polnischen Augen, freundliche Augen, *dzien dobry* huscht über meine trockenen Lippen, mein Gruß wird erwidert. Mehr geht nicht. Was geht hinter ihren Stirnen vor? Stellen wir uns die gleiche Frage: *Was willst du hier?* Jeder aus seiner Sicht. Sprechen wäre jetzt gut, es geht nicht. Wir haben Hände. Ich deute im Wechsel auf mich und das Kind, dann wieder auf das Kind und auf mich, zeige hinauf auf die Fenster im ersten Stock, ich, das Kind, im ersten Stock, hier, dort oben. Wüsste ich das Wort *Heimat* zu übersetzen, ich würde es nicht über die Lippen bringen. Die Männer verstehen, fragen nach der Hausnummer, ich werfe vierzehn Finger in die Luft, sie reden in ihrer Sprache auf mich ein, nennen einen polnischen Namen, wahrscheinlich der Name der Familie, die jetzt in unserer Wohnung wohnt. Vorsichtig blicke ich zu unseren Fenstern, höre Mutter rufen: *Hans, komm!* – ich gehorche, ein Händedruck, lächelnde, ratlose Gesichter, weg, weg, ich gehöre nicht mehr hierher.

Die Gärtnerei hinter den Häusern ist amputiert, wo früher Blumen blühten stehen Geschäftshäuser. Und schlimmer noch, die Felder dahinter, strotzend von schwarzbrauner fruchtbarer Erde, über deren Stoppelfelder wir im Herbst unsere Drachen steigen ließen, sind vollgestellt mit Schachtelbauten, hoch, lang, grau, angsteinflößend. Kein Blick mehr in die Ferne, über die Felder bis hinunter zum Nonnenbusch, zu den Striegauer Bergen… *eene Striezel und zwee Quärge, doas sein die Striegauer Berge…* nichts mehr zu sehen davon, nur eintöniger Beton – weg, weg, ich gehöre nicht mehr hierher.

Wir fahren hinauf ins Oberdorf, vorbei am Fischerbauer, dort gab Mutter dem Sohn Nachhilfe im Rechnen, dafür bekamen wir Tauben, Zuckerrüben zum Sirup kochen, Kartoffeln; in Zeiten verschobener Werte kostbarer als Schmuck und Tand. Links das Gemeindebüro, Achims und Doris Mutter arbeitete dort. Die Konrad-Mühle mit dem riesigen Silo, geschlossen, kein Getreide mehr, dafür, wo früher die kräftigen Kaltblüter warteten bis ihre Wagen beladen waren, eine Kneipe. Dort wohnte… und dort… Rolf fährt schneller als mein Gedächtnis die Namen hervor kramt. Jetzt die Volksschule, umgebaut, nur der Schulhof ist noch der alte mit den großen schattenspendenden Bäumen. Der Kindergarten, bis hierher mussten meine kleinen Beine täglich laufen. Dort das Elternhaus von Achim und Doris. Alles fliegt so schnell vorbei. Mein Körper reist in einem Auto, meine Seele läuft auf Kinderbeinen.

Jetzt, hier, die alte Kirchenruine, eines der ältesten Gebäude der ganzen Gegend. 1164 erbaut. Herzog Heinrich bedachte am 30. August 1228 dieses Kirchlein urkundlich mit zwei Hufen Ackerland, gab noch den Zins der bestehenden und noch zu erbauenden Mühlen des Schulzen dazu, unterwarf ihr Kunzendorf und alle Ortschaften ringsherum innerhalb einer Meile, die nicht 100 Hufen besaßen. Bischof Laurentius schlug noch den Zehnten von 16 Hufen hinzu. Das alles ist urkundlich *nach deutschem Recht* festgehalten. Vorbei, vorbei, alles fliegt so schnell vorbei.

Gegenüber, auf der anderen Seite, hoch oben, auf einem gewaltigen Fels erbaut, Schloss Fürstenstein, gleich alt mit der Kirche, doch gut erhalten, schlesischen Reichtum prahlend zur Schau stellend.

Schloss Fürstenstein

Heut möchte ich nicht hinauf ins Schloss, mir genügt der prächtige Anblick vom Polsnitzer Tal. Heute will ich den Fürstensteiner Grund durchwandern, möchte den Hellebach singen hören, Abenteuerspielplatz unzähliger Stunden.

Quittengelb kommt der Bach aus dem Tal, möchte wohl seinem alten Namen, *Höllenbach*, alle Ehre erweisen. Heidnische Geister wohnten in diesem engen Tal. Hier war es, wo *Phol*, (der alte Name für *Nachtjäger* nach dem Grimmschen Wörterbuch), aus der Talkessel über das Wasser hinaus in die Ebene stürmte. Furchtvoll nannten die Häusler, von der Stelle an, an welcher der *Höllenbach* das Tal verließ, den Bach und ihren Ort *Pols*nitz. Ich, einer der späten *Nachtjäger*, suche verzweifelt nach dem Eingang ins Höllental, das wir den *Fürstensteiner Grund* nennen, finde ihn nicht und bin doch als Kind so oft hier gewesen. Rolf bezweifelt, dass man zum Eintritt über die Steine im Flussbett steigen muss, aber er folgt mir. Auch über die freie Talfläche, die mannshoch von Brennnesseln überwuchert ist, folgt er mir. Wir heben unsere Hände über die Köpfe, schützen unsere Gesichter und achten darauf, den kleinen Trampelpfad nicht zu verlassen. Ein wahres Höllental, durch das wir stampfen. Spielt mir mein Gedächtnis einen solch argen Streich?

Nein, es ist mein Weg. Siehst du dort, die alte Brücke ist noch da. Dann verengt sich das Tal, der Weg klammert sich an die Felswand, der Hellebach rauscht in der Tiefe. Je weiter wir gehen, um so freier wird mein Herz. Jetzt ist wieder alles vertraut. Über Engstellen führen an den Fels gebaute Stege, wie früher. Jetzt weiß ich auch, warum der Eingang ins Tal so schwierig zu finden war: der früher am Eingang an den Felsen geschmiegte Eingangssteg fehlt. Hier, tief im Grund, kehren die jungen Jahre zurück: Neben mir läuft Günter, mein bester Freund, wir wollen zur *Alten Burg*, wo unsere Freunde schon auf uns warten. Wir werden herumtoben. Schlafen im Wald. Nachtwache halten. Günter. Günter. Günter. Wo sind die zweiundsechzig Jahre geblieben?

Als wir die Stelle im Tal erreichen, an der wir zur *Alten Burg* vom Hauptweg abzweigen und steil berauf steigen müssten, verharren wir. Tief unten jagt der Hellebach sein gelbes Wasser über die im Sonnenlicht glitzernden Steine; hoch darüber, auf steil aufragendem Fels, sind Teile des Schlosses erkennbar, soweit uns die Bäume den Durchblick gestatten. Die *Alte Burg* liegt dem Schloss gegenüber, auch hoch oben. Ein steiler Anstieg, doch der Weg ist versperrt durch umgestürzte, kreuz und quer liegende Bäume. Warum? Weshalb? Die alten Kinderfragen preschen hervor. Es ist einer der Momente, die wie gordische Knoten im Lebensweg liegen. Was tun? Ich möchte hinauf zur *Alten Burg*, die von früheren Besitzern des Schlosses Fürstenstein als Ruine hingebaut wurde, damit sie vom jenseitigen Schlossberg einen interessanten Ausblick genießen konnten. Phantastereien. Träumereien. Für mich liegt dort oben so viel Reales, Erlebtes. Ich möchte hinauf, auch wenn mir ein Freund erzählte, dass die Ruine von den Polen längst beseitigt wurde – nicht nur Schlossherren unterliegen dem Wunsch nach Träumerei.

Bevor Rolf zur Uhr schaut, sage ich kurz entschlossen: Wir gehen zurück. Was ich suchen wollte, werde ich nur in meinen Träumen wiederfinden. Auf dem Rückweg verharre ich an einer dicht am Wegrand stehenden Buche, von der ich überzeugt bin, sie als Kind schon berührt zu haben. Sie steht an meinem Weg, fordert von selbst eine Berührung heraus. Ich umarme sie, still und stumm.

Wir fahren vom Oberdorf ins Unterdorf. Die alte Dorfstraße überschüttet mich wieder mit Namen, verwirrt sie zu einem Knäuel. Siegfried, Rut, Werner. Dort das Haus in dem Renate wohnte, der ich als Siebenjähriger die Ehe versprach. Wo bist du jetzt, Renate? Früher regten sich die Menschen auf, wenn ein Hund oder eine Katze weglief, nicht mehr wieder ins vertraute Haus zurückkehrte. Wohin sind sie alle gelaufen, die hier in diese Häuser gehörten? Die jetzt hier wohnen, machen sich keinen Kopf darum, sie haben andere Sorgen. Meine Gedanken jagen durch die Häuser. Dort. Dort. Dort. Ein überquellender Topf voller Gerüche, Farben und Stimmen. Dazu die nie versiegende Frage: Was wäre mit uns, die wir Kinder waren, geschehen, wenn diese Welt nicht aus den Fugen geraten wäre? Was mit mir, was mit all denen, für die dieser Ort jetzt weit hinter dem Horizont liegt.

Hinein in die Stadt Freiburg. Am Ring, direkt am Rathaus, ist ein Parkplatz frei. Wir steigen aus und umkreisen zu Fuß den Teil, der innerhalb der uralten Stadtmauer liegt. Rolf betrachtet die Auslagen der Geschäfte, ich versuche mich zu erinnern, was wurde hier, was dort, in jener jenseitigen Zeit den Menschen angeboten. Den Buchladen weiß ich noch und den Seifenladen. Das Hutgeschäft und das Kino. Die Eisdiele natürlich mit Cafe. Die Kirche, in der ich am 18. Februar 1945 konfirmiert wurde, ist abgeschlossen. Pastor Bach wollte uns an diesem ungewöhnlichen Datum schnell noch konfirmieren, bevor wir in alle Winde zerstreut würden. Die Donnerschläge der Geschütze wetteiferten mit den Glockenklängen um die Lufthoheit. Die Angst betete mit. Das weiß ich noch.

Während ich unter den Fenstern des roten Backsteingebäudes entlang gehe, leiste ich im Stillen Abbitte bei der Frau des Pastors. Ich war es, der in die Fransen der Tischdecke, die den Tisch, an dem wir Konfirmanden saßen, feierlich bedeckte, unzählige und feste Knoten geknüpft hat. Es muss eine Sklavenarbeit gewesen sein, sie wieder zu lösen. Ich bitte *en passant* um stille Vergebung und kann mir trotzdem ein Schmunzeln nicht verkneifen.

Ich gehe durch eine Welt des Diesseits und betrachte Bilder des Jenseits. Die Sonne steht in meinem Rücken, wirft aber keinen Schatten, zu diffus ist das Licht. Die ganze Stadt strahlt keine Freude aus, was nicht nur ein Gefühl aus mir heraus ist, ich sehe es in den Gesichtern der wenigen Menschen, die hier, im Zentrum der Stadt, ihre Einkäufe tätigen. Nirgendwo ein Lächeln. Kein leuchtendes Auge. Hat die Namensänderung damit zu tun? Was heißt *Swiebodzice*? Kann man den Namen übersetzen? Würde ich, könnte ich ihre Sprache sprechen, aus dem neuen Namen ablesen, warum die Stadt so wenig Leben ausstrahlt?

Ein Versprechen gilt es noch einzulösen. Die frühere Eigentümerin eines Tante-Emma-Ladens, ich erinnere mich noch der alten Schilder *Persil bleibt Persil* und *Dr. Oetkers Backpulver*, die groß an den Wänden hingen, Frau K. ist nach dem Krieg mit ihrer Tochter nach Amerika ausgewandert, dort vor wenigen Jahren einhundertvierjährig verstorben. Ihre Tochter, auch schon hoch in den achtzig, bat mich um ein Foto ihres Elternhauses, des Ladens, der Straße. Heimweh hinter dem Ozean. Was sind wir Schlesier nur für Menschen? Ich schieße zwei Fotos, eins aus der Nähe, eins aus der Ferne. Die Schaufensterscheibe ist mit Zetteln, in der mir fremden Sprache, vollgeklebt, was sie aussagen, entgeht mir. Nur eines weiß ich: in Amerika wird eine alte Frau weinen.

Weiter durch die Stadt. Ich will mich voll saugen, will Bilder, die ich sehe, übermalen mit Bildern, die in mir sind. In der Schweidnitzer Straße rechts die Post, links das Gymnasium. Rolf geht ins Postgebäude, er will eine Briefmarke kaufen für einen Brief an Ina. Brief, Luftpost, USA. Später erzählt er mir die unendliche Prozedur, die nötig war das Gewünschte zu erklären. Mir ist es recht, es gibt mir Zeit die Schüler zu beobachten, die das gegenüber liegende Gebäude verlassen, lachend, scherzhaft raufend, wie es Schüler in aller Welt tun, wenn der Unterricht endlich beendet ist. Vor einundsechzig Jahren… ich mag den Gedanken nicht zu Ende denken.

Rolf kommt aus der Post, er hat die richtige Briefmarke bekommen. Rolf schafft alles. Es ist höchste Zeit Freiburg wieder zu verlassen. Beim Rückweg zum Auto rede ich mir ein leichten Herzens weg zu fahren, weil ich nicht *Freiburg* verlasse, sondern *Swiebodzice*. Reiß dich los, Herz, hier ist alles fremd geworden.

Aber was ich nicht wusste: Sich selbst belügen wird schnell bestraft. Plötzlich und unvermittelt bricht das ganze Gedankengebäude, das ich soeben errichtet hatte, in sich zusammen.

Auf einer Bank vor dem Rathaus, nur wenige Meter von unserem Auto entfernt, sitzen Norbert und Siegrid, Freunde aus vergangener Schulzeit. Als habe ein Sonnenwind die Erde erreicht, ist alles innere Abschiednehmen urplötzlich verschwunden, unsere Gesichter glühen. In uns allen, ja, in allen, das spüre ich, vollzieht sich eine Metamorphose. Die Häuser leuchten in alten Farben, die Rathausuhr schlägt die dritte Stunde, ich höre sogar die Glocken vom nahen Kirchenturm, der Brunnen beginnt seine Fontäne in die Luft zu erheben, die Luft frischt in wundersamer Weise auf. Lachen, Umarmungen, die Lust der jungen Jahre ist in uns aufgebrochen. Wie Schulkinder nach den großen Ferien überschütten wir uns mit Fragen. Nur gut, dass wir uns erst vor einigen Monaten auf dem Schlesiertreffen in Nürnberg gesehen haben, sonst hätten wir uns vielleicht gar nicht erkannt, wären wortlos aneinander vorbei gegangen. Meine Frage lässt sich nicht verdrängen: An wie vielen Menschen bin ich schon ahnungslos vorbei gegangen, hier in Freiburg oder bei den Wanderungen im Riesengebirge, die ich hätte kennen müssen? Deren Gesicht sich verändert hat, deren Sehnsucht nach der schlesischen Heimat aber geblieben ist, die stumm durch die Straßen wandern und nur mit den Augen Fragen stellen.

Die Zeit drängt. Wir müssen uns trennen. Auf den Platz rund um das Freiburger Rathaus legt sich wieder die Lethargie, die schon vorher den Ring eingehüllt hatte, alles, was soeben noch loderte und brannte, packe ich in meine Brust und nehme es mit. Wir fahren noch einmal über die Adler-Brücke die Straße meiner Kindheit entlang, ich wünschte mir, ich träge Scheuklappen. Zum Grab meiner Großeltern schicke ich noch einen letzten Gruß, dann verlasse ich einen Ort, von dem ich nicht genau weiß, ob er wirklich hinter mir liegt.

Rolf steuert Bolkenhain an, er verlässt aber die seelenlose Umgehungsstraße und fährt durch die Innenstadt. Am Marktplatz herrscht reges Leben, ich entdecke einen freien Parkplatz, kann aber nur meine Gedanken dort einparken. Hier in Bolkenhain, oben auf der Bolkoburg, habe ich 1944 Gerhart Hauptmann gesehen. Er besuchte mit seiner Frau eine Aufführung des »Grünen Heinrichs«, zu der wir, allein wegen Gerhart Hauptmann, mit unseren Fahrrädern von Freiburg bis hierher geradelt sind. Gottfried, damals schon Abiturient, hatte uns angestiftet, wir waren ihm gefolgt. Niemals wieder bin ich einer solch faszinierende Person begegnet, ihre vulkanische Ausstrahlung spüre ich noch immer in mir.

Es gibt Tage, deren Füllhorn unerschöpflich ist. Tage, die kein Ende nehmen. Tage voller Überraschungen. Einen solchen Tag durfte ich erleben. Am Abend, nach dem Essen, erinnerte Rolf daran, dass in der Kirche Wang das letzte Violinkonzert stattfindet. Weil aber das gleiche Programm dargeboten werde, wolle er nicht nochmals hingehen. Ich werde hingehen. Allein die Möglichkeit, nach allem, was ich an diesem Tag erleben durfte, eine gute Stunde lang in der warmen Geborgenheit dieser Kirche zu verweilen, machte meinen Entschluss unumstößlich. Als ich bereit war zu gehen, stand Rolf plötzlich neben mir und erklärte, er wolle doch mit.

Der Künstler, der selbst an der Kasse stand, bereits im Frack, erkannte uns gleich wieder, wollte kein Eintrittsgeld von uns nehmen, wir hätten ja beim letzten Mal schon bezahlt. Wir bestehen auf Bezahlung und bleiben, zu unserer großen Überraschung, die einzigen Besucher. Nein, für uns zwei müssten sie nicht extra spielen, erklärt Rolf den Künstlern, sie tun es trotzdem, zu meiner großen Freude. Ein Violinkonzert nur für uns zwei! Die Geborgenheit des kleinen Raumes, die Wärme, die das honigfarbene Holz ausstrahlt, die zarten Töne der Geigen – einen schöneren Abschluss dieses Tages kann ich mir nicht wünschen.

*

Donnerstag, den 8. September

Zur Elbquelle

Wir wollen noch einmal hoch hinaus. Reifträger, Schneegruben, Elbquelle, das wird eine schöne, aber auch lange Tour. Die letzten zwei Tage haben meinen Waden viel Schonung gewährt, trotzdem fürchte ich, meine Beinmuskeln werden sich schnell wieder an die bisherigen Bergtouren erinnern und sich krampfhaft dagegen wehren. Andererseits kommen diese körperlichen Anstrengungen gerade recht, sie werden meine noch immer im Kopf spukenden Gedanken an den gestrigen Tag niederhalten. Körper contra Geist, schizophrener geht es nicht. Doch so leicht lässt sich der Geist nicht ausschalten. Davon später.

Gemütlich – ein Lieblingswort aller Schlesier, *gemietlich* – lässt Rolf das Auto durchs Hirschberger Tal gleiten. In Oberhainberg hält er vor einem im Bau befindlichen Haus an, betrachtet es lange, sagt dann wie zu sich selbst: Ina gefällt es. Seine Gedanken sind schon zu dieser frühen Morgenstunde bei Ina, die im fernen Manhattan noch in tiefem Schlaf liegt. Einen weiteren Stopp macht Rolf in Petersdorf, versucht hier seinen ersehnten Rote-Beete-Saft zu bekommen, ich bin mir sicher, dass er dabei ebenfalls an Ina denkt.

Der schon angedeutete Sieg des Geistes über meinen Körper findet in Oberschreiberhau statt, genauer gesagt: vor dem Kassenhäuschen des Lifts. Rolf ordert zwei Karten bis hinauf zum Reifträger, für beide Lifte also. Bei der Gegenfrage der Kassiererin: *Auch für die Abfahrt?,* zögert Rolf und gibt mir damit die Gelegenheit, ein schnelles *Ja!* aus der zweiten Reihe zu rufen, obwohl ich ahne, Rolf würde lieber zu Fuß absteigen. In einem gewissen Maß schäme ich mich meiner Feigheit, aber in mir weigert sich alles, das schnelle *Ja* wieder zurück zu holen. Noch herrscht der Geist über den Körper.

Gemietlich schaukeln wir nebeneinander im Lift nach oben, die Reif-trägerbaude fest im Visier. Wie unendlich groß die Wälder im Riesenge-birge sind, in deren Schatten die unendlich vielen kleinen Gebirgsbäch-lein zu Tale fließen, wusste ich durch die stundenlangen Wanderungen in Kindheit und im Jetzt; hier, vom Sitz des Liftes aus, hoch über den Wipfeln, wird die gewaltige Ausbreitung bis weit hinein in die Täler auch für das Auge so deutlich erkennbar. *O Täler weit, o Höhen, o schö-ner deutscher Wald …* dichtete einst der schlesische Dichter Freiherr von Eichendorff. Mir geht ein anderer seiner Verse durch den Kopf:

Ihr Wipfel und ihr Bronnen, rauscht nur zu!
Wohin du auch in wilder Lust magst dringen,
Du findest nirgends Ruh',
Erreichen wird dich das geheime Singen,
Ach, dieses Bannes zauberischen Ringen
Entflieh'n wir nimmer, ich und du!

An der Zwischenstation müssen wir umsteigen. Hoch hinauf zum Reifträger führt ein zweiter Lift. Vor drei Jahren war hier an der Mit-telstation Schluss mit der Fahrt, Rübezahl blies zu stark über den Kamm. Heute ist uns der Wind gnädig, *gemietlich* schaukeln wir nach oben – obwohl der damals vom Wind erzwungene Aufstieg zu Fuß über die *Alte schlesische Baude* bei mir noch in guter Erinnerung ist. Die *Alte schlesische Baude* und die *Kleine Teichbaude* waren schon in meiner Kindheit meine Lieblingsbauden, weil sie, nun ja, ich sage es noch einmal, weil sie so *gemietlich* sind.

Wir lassen den Reifträger rechts liegen und gehen über einen Hang-weg in Richtung Veilchenspitze. Nicht nur, weil ich die Wanderung langsam angehen will, verharre ich des öfteren, der Blick hinab ins Hirschberger Tal ist überwältigend. *Blaue Berge, grüne Täler…* tref-fender könnte der Text unseres Schlesierliedes nicht sein. Wieder spüre ich die Flügel meiner Seele, die hinweg schwebt und der es gelingt, nicht nur das Heute, sondern auch das Gestern meiner Kindheit auf einmal zu sehen und zu fühlen.

Unter mir, fest an den steilen Abhang gedrückt, liegt die *Alte Schlesische Baude*. Aus dem Kamin kräuselt eine leichte Rauchfahne, die sich bald mit dem Wind vereint und wegtragen lässt, unsichtbar werdend, wie meine Sehnsucht.

Wäre ich ein Maler, würde ich hier verharren wollen, die Landschaft auf Papier oder gar Leinwand festhalten, um sie mit mir tragen zu können, weit in meine alten Tage hinein. So bleibt mir nur der profane Klick auf den Auslöser meines Fotoapparates, bin mir aber dabei sicher, dass alles, was meine Augen in diesem Moment aufnehmen, für immer in mir lebendig bleibt. Das Foto soll nur dazu dienen, dem Bild, das in mir lebt, Bestätigung zu geben.

An einer Weggabelung fragt Rolf, ob wir zuerst zur Elbquelle oder zu den Schneegruben gehen wollen. Ohne groß zu überlegen gehe ich gerade aus auf dem Kammweg weiter, ich möchte den Blick ins schlesische Land jetzt nicht verlieren. Wie schon an allen anderen Tagen vorher brennt die Sonne von einem wolkenlosen Himmel. Der steinige Anstieg zur Veilchenspitze wird steiler, ich trinke immer wieder aus meiner Wasserflasche, und obwohl mir der Schweiß in die Augen rinnt, fühle ich mich glücklich und reich. Ich schwelge in einem Reichtum aus Gefühlen, Glücksgefühlen, ich wage sogar zu sagen, dass meine Seele lacht.

Eine Gruppe junger Leute hat die Felsplatten der Veilchenspitze erklommen, turnt darauf herum, lacht, Wortfetzen springen herüber und bleiben unverständlich. Wir gehen schwitzend weiter. Es ist, als übergieße uns nicht nur die zur Mittagshöhe aufsteigende Sonne mit einem wabernden Hitzebrei, das ganze gleißende Licht ist ein einziges Meer aus wallender Wärme.

Die früher (immer wieder diese Rückerinnerungen an *früher*, an damals, die Kindheit) so gastliche Schneegrubenbaude ist von einem Drahtzaun umgeben. Neue Wanderkarten benennen sie schon gar nicht mehr, verzeichnen nur noch die Rübezahlkanzel. Die Baude, hoch über dem Abgrund der Schneegruben, ist umfunktioniert worden zu einer Fernsehstation. Aus den Fensterscheiben, hinter denen ich *früher* meine Nase plattgedrückt habe, glotzen die runden Augen der Satellitenschüsseln hinunter ins Tal. In meiner Gefühlswelt ist diese hoch aufragende Baude ihrer Seele beraubt.

Wir lagern uns, umgeben von anderen Wanderern, auf einer Felsenbank vor der Baude, verzehren Apfel und Brot, trinken das letzte Wasser, während der Blick wieder weit hinaus ins schlesische Land gleitet. Steilabfallende Felswände bilden zu unseren Füßen die Schneegruben, die Kleine und die Große, aus eiszeitlichen Gletschern entstanden, wie der Große und der Kleine Teich. Schnee liegt nicht mehr in den Gruben, dazu war der Sommer wohl zu warm. Ameisengroß sind Wanderer zu erkennen, die aus den Gruben herauf zu uns sicherlich einen gewaltigen Anblick genießen. Dort unten war ich noch nie – (und Rolf auch nicht. Ob es ihn auch lockt, einmal aus den Schneegruben nach oben zu blicken?).

Ein letzter Blick in den Abgrund, dann geht es hinüber ins »Böhmische«. Die Überschreitung der Grenze ist seit einigen Jahren genau so unkompliziert wie bei einer Alpenwanderung der Weg ins Österreichische. Knieholz säumt unseren Weg, höher darf es nicht wachsen, der Wind, der an stürmischen Tagen über den Kamm fegt, drückt es gegen die Erde. Bevor wir auf einem schmalen Steig zwischen niedrig wachsendem Gehölz zur Elbfallbaude hinab steigen, knie ich an einem der vielen Rinnsale nieder, trinke in langen Zügen, fülle dann meine Wasserflasche und gieße einen Teil des Wasser über meinen Kopf. Einkehren wollen wir in der Elbfallbaude nicht, sie gleicht einem Betonklotz. Im Stillen frohlocke ich, dass die Elbfallbaude ja *böhmisch* ist und nicht *schlesisch*. Der Massentourismus, besonders im Winter für Skifahrer, erfordert wohl solche Gebäude.

Hinauf zur Elbquelle zieht sich ein großer Menschenstrom. Viele Sprachfetzen sind mir verständlich, ich will aber gar nicht verstehen.

In meinen Gedanken rufe ich mir meinen ersten Besuch dieser Quelle hervor, über sechzig Jahre sind seither vergangen, stürmische Jahre. Damals stand ich zum ersten Mal an der Quelle eines großen Flusses und musste den unendlichen Unterschied zwischen Kinderfantasie und Wirklichkeit erkennen. Meine Vorstellung, ein großer Fluss müsse mit einem kräftigen Strahl aus der Erde, besser noch aus einer Felsspalte heraus schießen, wurde zerstört von einem in die flache Erde eingelassenen Betonring, in dem viele kleine Wasserrinnsäle, die aus der angrenzenden Wiese zaghaft heraustreten, zusammen gefasst werden. Quelle gleich sprudelndes Wasser, diese Gleichung musste ich aus meiner Fantasie streichen. Es war einer der Tage, an denen meine Welt plötzlich viel nüchterner geworden war. Dass noch viele solcher Tage folgen würden, ahnte ich damals noch nicht.

Jedes Mal, wenn ich hier war, habe ich aus der Elbquelle getrunken, heute muss ich mit diesem Brauch brechen. Ich komme nicht einmal an den Betonring heran, so dicht ist alles von Menschen belagert. Einige Leute sitzen sogar auf der Quelleinfassung, kühlen ihre Beine. Weg, weg, nichts als weg. Und nicht fotografieren. Dieser Anblick soll möglichst bald vergessen sein, er darf sich nicht in meiner Erinnerung festsetzen.

Die Hochmoorwiesen ringsum, aus denen die Rinnsäle, die sich später Elbe nennen werden, still und heimlich ans Tageslicht treten, leuchten in smaragden Farben. Hier ist ein Foto angebracht.

Während wir wieder zum Kammweg hinauf steigen, erzählt mir Rolf, er habe an der Elbquelle ein Hinweisschild zu einer Voseckábouda gelesen, aber nicht gewusst, ob der Umweg zu lang sei. Die Wosseckerbaude, mein Gott, ja, mit Onkel Karl bin ich damals von der Elbquelle dorthin gewandert. Betroffen gehe ich schweigend weiter. Ich hatte zwei falsche Entscheidungen getroffen, die mir das Wiedersehen mit der Wosseckerbaude verwehren: ich wollte zu schnell weg von der belagerten Quelle, ohne auf Rolf zu achten, und ich bin es, der mit dem Lift wieder ins Tal fahren will, das heißt, wir dürfen die letzte Abfahrt nicht versäumen.

So kehren wir auf den Kammweg zurück und richten unseren Blick auf den majestätisch stolzen Reifträger, der seine Baude hoch in den stahlblauen Himmel hebt. An den Quargsteinen wird die ganze Lächerlichkeit der Überbetonung einer Staatsgrenze sichtbar.

Grenzmarkierung auf den Quargsteinen

Der rotweiße Grenzstein, der die Grenze zwischen Polen und Tschechien markieren soll, steht hoch oben an der höchsten Stelle dieser Gesteinsformation. Auf mich wirkt er wie eine hässliche Warze im Gesicht einer schönen Frau.

Bei den Sausteinen, die wir etwas später passieren, ist der Grenzstein dezent am Fuße der Felsformation angebracht, es geht also auch so.

Hoch oben auf dem Reifträger.

Der Anstieg ist steil, aber hier gibt es einen Imbiss. Vor einigen Jahren ist die Baude völlig ausgebrannt, dabei ist wohl auch die frühere *Gemietlichkeit* ein Opfer der Flammen geworden. Dafür ist die wundervolle Aussicht hinab ins Schreiberhauer Tal gleich geblieben. Während mein Mund isst, sehen sich meine Augen satt. Und Letzteres wird viel länger anhalten.

*

Freitag, den 9. September

Im Melznergrund.

Der erste Blick aus meinem Fenster am frühen Morgen fasziniert mich immer wieder. Ganz nah, dieses liebliche Kirchlein, dessen Aura bis zu mir in mein Zimmer herüber strahlt, und in der Ferne, den Horizont beherrschend, die Schneekoppe. Mein Traumbild, das ich in meinem Leben durch die halbe Welt getragen habe, ist Wirklichkeit geworden, es steht in seiner, mich immer wieder aufs Neue bezaubernden Leichtigkeit vor mir. Trotzdem lässt es mich erzittern, ich fürchte, es könne, wie eine Fata morgana, plötzlich verschwinden. Meine Fantasie, die alles so leicht und wunderbar verschönt, könnte mir kein schöneres Bild malen, als das, welches meine Augen sehen. Keine Menschenseele stört meine Betrachtung. Wir sind, zu dritt, allein. Wunderbar. Wie schön es später im Himmel, in den zu kommen wir alle bestrebt sind, auch sein mag, dieses Bild werde ich mit hinüber tragen, es wird mich, auch dort, erfreuen.

Die Glocke schlägt vom steinernen Turm, der diesem zerbrechlich wirkenden Holzkirchlein als Schutz gegen die Winterstürme zur Seite gestellt wurde, die achte Stunde. Rolf läuft wartend im kleinen Park auf und ab und macht mir damit bewusst, dass es diese irdische Welt mit ihren Regelmäßigkeiten noch gibt.

Freundlich, wie immer, serviert uns die fesche Polin unser Frühstück, genussvoll, wie jeden Tag, verzehren wir das Dargebotene. Der heutige Tag soll abwechslungsreich, aber nicht zu anstrengend werden. Rolf ist wirklich ein fürsorglicher Freund, der die Leistungsgrenze eines betagten Mannes gut einzuschätzen mag. Wir wollen uns der Schneekoppe von einer neuen Seite her nähern, haben aber nicht die Absicht sie zu besteigen.

Ein sehr gut begehbarer, leicht ansteigender Weg führt uns durch den Melznergrund bis hinauf zur Melznergrundbaude. Diesen Weg bin ich noch nie gegangen. In meiner Kindheit sind wir, vom Bahnhof Krummhübel aus, über Wolfschau entlang der Kleinen Lomnitz zur Melznergrundbaude aufgestiegen, ein viel steilerer, wenn auch romantischerer Weg. Unser heutiger Weg ist bequem, ich kann meine Stöcke gut einsetzen. Nur wenige Wanderer begegnen uns, die nahe Talstation des Lifts übt wohl eine stärkere Anziehungskraft aus als ein Wanderweg durch hohe Wälder.

Nach einer knappen Stunde erreichen wir die Melznergrundbaude, sie sieht von außen recht gepflegt aus, die um sie herum tätigen Menschen weniger. Eine kleine Ruhepause gönnen wir uns auf den Außenbänken, sehen vier oder fünf Wanderern zu, die weiter zur Schneekoppe hinaufsteigen, dann treten wir unseren Rückweg zum Auto an. Unter den hohe Bäumen laufen wir schön im Schatten, die kühle Brise, die von der neben dem Weg gluckernden Lomnitz herauf steigt, erfrischt die Luft, es geht bergab – es ist eine Freude hier zu sein. Wie alles im Leben immer zwei Seiten besitzt, kommt hier zu meiner fröhlichen Leichtigkeit der Verlust meiner weißen Wandermütze. Wie manch einer den Regenschirm vergisst, wenn es nicht mehr regnet, so ließ ich die Mütze auf der Bank liegen. Wir haben ja keine großen Gebirgswanderungen mehr vor, also kann ich den Verlust leicht ertragen.

Eine andere Schmach gilt es noch auszuwetzen. Obwohl wir bei früheren Wanderungen schon am Kochelfall gewesen sind, fanden wir vor einigen Tagen den richtigen Einstieg nicht. Heute soll es uns gelingen, aber schon taucht ein neues Hindernis auf. Die uns schon gut vertraute Straße nach Oberschreiberhau ist streckenweise gesperrt, einem Fahrradrennen wird die Vorfahrt eingeräumt. Also kehren wir um und suchen uns eine andere Straße. Wenn, wie es das Sprichwort sagt, viele Wege nach Rom führen, werden wir auch einen Weg zum

Kochelfall finden. So fahren wir durch Stonsdorf, sehen sogar an einer alten Fabrikwand noch Schriftreste, die auf das berühmte Produkt hinweisen, das hier hergestellt wurde, den *Stonsdorfer*, einen weithin berühmten Kräuterbitter, gebraut aus den Kräutern des Riesengebirges. Das Gebäude ist verfallen, der *Stonsdorfer* wird jetzt irgendwo im Westen Deutschlands hergestellt, ohne Kräuter aus Rübezahls Reich.

Auch das Stonsdorfer Schloss ist verfallen, ein eifriger Pole ist aber um den Wiederaufbau als Hotel bemüht. Hier im Hirschberger Tal gibt es kaum einen Ort, in dem nicht ein Schloss steht, Schlösser des reichen schlesischen Adels. Eine Fahrt von Schloss zu Schloss wäre sicherlich auch eine interessante Reise.

Heureka! Der Parkplatz, von dem wir den Kochelfall erreichen, ist gefunden. Wir quälen uns durch dichtes Menschengewirr, Reisebusse, Verkaufsbuden, fliegende Händler. Sehenswürdigkeiten, die leicht und bequem zu erreichen sind, werden in aller Welt schnell zu Handelzentren, wie früher die Jerusalemer Tempel. Rolf sucht nach etwas, das er kaufen möchte, ich weiß nicht mehr, was es war, er bekommt es aber nicht. Wir drängen uns über die schmale Brücke und zahlen unseren Obolus zum Eintritt in den Naturpark Riesengebirge. Der Weg bis zu der Stelle, an welcher der Kochel auf seinem Weg, aus den Schneegruben heraus bis hin zur Vereinigung mit dem Zacken, sich in seiner unverkennbaren Form über Felsen herab stürzt, gleicht einer Ameisenstraße.

Immer wieder gerate ich in die Versuchung, das Heute mit dem Früher zu vergleichen, wobei es mir nicht um das klischeehafte *früher war alles besser* geht, wie es alte Menschen oft gebetsmühlenartig daher plappern. In meiner Erinnerung war alles eindrucksvoller, gewaltiger, vor allem aber größer. Kindliche Reminiszenzen sind angefüllt mit unsäglichen Gefühlen, zu denen wohl nur ein Kind fähig ist. Dazu die Erstmaligkeit eines Erkennens. Kinderschritte sind kürzer, also ist die Strecke länger. Für Kinderaugen sind die Felsen höher, die fallenden Wasser gewaltiger, die Verlockungen der Baude anziehender.

Trotz dieser Gedanken lasse ich mich von den herabstürzenden Wassermassen beeindrucken. In zwei getrennten Armen beginnt der Sturz, unten aber vereinigen sich beide Wasserarme und zwängen sich in eine gemeinsame, schmale Rinne, bilden dadurch ein großes V, das sich bei mir in die Vokabel *Vergangenheit* verwandelt. Vergangen, vorbei, verloren. Geblieben ist nur die Schönheit, und daran versuche ich mich zu erfreuen. Über Steinstufen klettern wir nach oben, blicken auf das ruhige, beinahe träge heran fließende Wasser, das noch nicht weiß, welcher Sturz ihm bevorsteht. Welche Analogie zum Schicksal aller Schlesier. Tränen, die sich ins Auge drängen, wische ich wie Spritzer des Wasserfalls ab.

Wir steigen wieder herab, kehren ein, holen uns an der Theke ein Getränk und ein paar Ansichtskarten. Alle anderen Wanderer, die sich mit Proviant versorgen, gehen, nachdem sie das Gewünschte erhalten haben, wieder nach draußen, wollen neben dem rauschenden Wasser sitzen, die Kühle des Waldes spüren. Ich setze mich auf eine Eckbank, so habe ich den ganzen Raum vor mir und kann ihn mit meinen Gedanken und Erinnerungen füllen. Rolf bleibt bei mir, er ist wirklich ein guter Freund.

Bei der Rückfahrt biegt Rolf an der Tankstelle in Giersdorf nach rechts ab, er will den Friedhof suchen, auf dem Männer begraben liegen, die als Kriegsgefangene oder Zwangsverschleppte beim Bau der geplanten Sudetenstraße eingesetzt und dabei verstorben sind. Diese neue Sudetenstraße sollte von den Baberhäusern aus in Serpentinen hoch zum Spindlerpass gebaut werden und damit eine Überquerung in der Mitte des Riesengebirges ermöglichen. Die schon bestehende Straße führt fast in gerader Linie nach oben und ist für Autos, besonders im Winter, kaum bezwingbar. Die Zeit, in der Handelwaren mit der Kiepe über den Kamm getragen (oder geschmuggelt wurden) ist ja lange vorbei. Schon nach der ersten Serpentine finden wir ein kleines Hinweisschild, dem wir folgen.

Hinter einem dahinrostenden Eisenzaun stehen sechzehn geschmiedete Kreuze über Grabstätten, die symbolisch für hier begrabene Männer, deren genau Zahl wohl keiner kennt, angelegt sind. Die Sonne steht in meinem Rücken, trotzdem fröstelt mich. Mir ist, als fielen die Schatten hier länger, als habe sich das Grün der Blätter und der Nadeln der Bäume dem Grau der verwitterten Grabsteine angepasst. Nichts leuchtet mehr. An diesem Ort wird die Zeit für immer stehen bleiben, sie wird von denen, die unter dieser Erde liegen, mit verkrampften Fingern festgehalten. Was mögen diese Männer vor ihrem Tode gelitten haben, karges Essen bei schwerster Handarbeit; da ist es auch kein Trost zu wissen, dass zur gleichen Zeit ungezählte deutsche Kriegsgefangene in Sibirien oder sonst irgendwo in der Welt ähnliche Qualen erleiden mussten. Ob es eine kollektive Schuld der Völker gibt, darüber möge man streiten, das Leid muss der einzelne Mensch allein tragen.

*

Sonnabend, 10. September

Nach Hirschberg.

Am Morgen unseres letzten Tages erwache ich früh, mir ist, als ginge mir etwas Unwiederbringliches verloren. Nach erfrischender Dusche gehe ich hinaus, umrunde die Kirche Wang und blicke hinab ins weite Tal. Das Land zu meinen Füßen beginnt sich mit Farbe zu füllen, blau quillt es an den Berghängen empor. In der Nacht hat es geregnet, nun steigen weiße Nebelfahnen aus den Wäldern. Wenn die Sonne erst den Kamm überwunden haben wird, werden ihre Strahlen die Herrschaft über das Land zurückerobern und aufquellenden Wolken keinen Platz lassen.

Nach unserem gewohnt guten Frühstück steigen wir ins Auto und fahren in die größte Stadt des Riesengebirges. Ich fahre nach Hirschberg, auch wenn Jelenia Gora an den Straßenschildern steht. Hier, in dieser Stadt, sollte ich das Segelfliegen erlernen, der Einberufungsbefehl lag schon auf meinem Nachtkästchen, damit ich ihn vor jedem Einschlafen noch einmal mit brennenden Augen lesen konnte, doch der schnelle Vormarsch der Roten Armee zerstörte meinen Traum vom Fliegen.

Dafür ist uns heute das Glück hold, wir finden genau neben dem Nebeneingang zur Gnadenkirche eine Parkmöglichkeit. Etwas enttäuscht müssen wir wenig später feststellen, dass die Eingänge in die Kirche durch geschmiedete Gittertore verschlossen sind, so können wir nur durch die Gitterstäbe hindurch die Pracht dieser Kirche bestaunen. Auch das Glück scheint immer zwei Seiten zu besitzen.

Die Gnadenkirche hat ihr besonderes Schicksal. Nachdem nach Beendigung des 30-Jährigen Krieges Schlesien unter die Herrschaft der katholischen Habsburger fiel, sollte den überwiegend evangelischen

Schlesiern der Besuch ihrer Gottesdienste unmöglich gemacht werden. So wurde im Friedensvertrag von Münster/Osnabrück festgelegt, dass alle bestehenden evangelischen Kirchen geschlossen oder der katholischen Kirche übergeben werden. Lediglich drei so genannte *Friedenskirchen* durften die Evangelischen neu bauen, in Schweidnitz, Jauer und Grünberg, jeweils außerhalb der Stadt, ohne Turm und nur aus Holz und Lehm. Erst viele Jahre später erlaubte Kaiser Joseph I. *aus Gnade* noch sechs weitere evangelische Kirchen in Schlesien zu bauen, die deshalb *Gnadenkirchen* genannt wurden. Trotz dieser Verträge, *pacta sunt servanda*, übernahm die polnische katholische Kirche 1945 dieses geschichtsträchtige Schmuckstück. So ärgerlich das für viele Schlesier auch sein mag, die kleine evangelische Gemeinde, die es heute in Hirschberg und Umgebung noch gibt, wäre kaum in der Lage, diese herrliche Kirche zu erhalten. So zeigen sich auch hier wieder die zwei Seiten, die das Leben gestalten.

An diesem sonnabendlichen Vormittag zeigt sich die Altstadt Hirschbergs im strahlenden Sonnenschein von seiner schönsten Seite. Die Häuser am Ring tragen frische, leuchtende Farben; vor dem Rathaus bildet sich ein Spalier, durch das ein festlich gekleidetes Brautpaar zum Standesamt schreitet; Musikanten spielen auf. Unter den Lauben sitzen Einheimische wie Touristen beim Bier oder Kaffee, in den Straßen ringsum herrscht reges Einkaufsleben. Ein Mann spricht uns an, er spricht nicht nur deutsch, er spricht sogar richtig schlesisch. Wo wir deutsche Zeitungen kaufen oder Geld tauschen könnten, erklärt er uns – mein Herz hüpft vor Freude über die vertrauten Laute – auch dann noch, als er zu betteln beginnt, sein Leben beklagt. Als deutsches Kind habe er hier bei den Polen bleiben müssen und nun bekomme er nur eine ganz kleine Rente. Er freut sich über die paar Euro, die ich ihm gebe, und ich freue mich über die unverfälschten schlesischen Laute, die ich hören durfte. So ist das mit den zwei Seiten im Leben.

Rolf erkundigt sich bei einem jungen Polen nach dem Standort des

Bauernmarktes und bekommt eine gute Wegbeschreibung in englischer Sprache. Welten begegnen sich. Was Rolf dort kaufen will, ist mir unklar, trotzdem begleite ich ihn, verabschiede mich aber, bevor er tiefer in dieses Gewusel eindringt. Ich mache mich lieber auf den Weg, möchte noch einmal das Hirschberger Theater sehen, erkunden was dort zur Zeit gespielt wird. Trotz der stärker werdenden Sonne macht mir das Schlendern durch die Straßen Spaß, obwohl mich ein Stadtomnibus, auf einem Zebrastreifen(!), fast anfährt.

Theater in Hirschberg

Den Spielplan kann ich nicht lesen, finde auch keinen mir bekannten Namen eines Autors. Habe ich gehofft den Namen *Gerhart Hauptmann* zu finden? Die vorhin gehörten schlesischen Worte mögen diesen Wunsch herbeigesehnt haben. Herz, wie irreal ist dein Pochen.

Wie verabredet treffe ich Rolf nach einer Stunde am Rathaus wieder, er hat sehr günstig Schuhe gekauft, so hat auch er seine Freude. Eine Weile hören wir noch der Hochzeitsmusik zu, sehen das Brautpaar, nun als Ehepaar, aus der Tür treten. Jubelrufe ertönen. Es gibt nichts Schöneres als Freude unter den Menschen. Hirschberg wird mir in guter Erinnerung bleiben.

Die St. Anna-Kapelle in Kowary sei sehenswert, sagt Rolf, er will sie mir zeigen. Ich muss in meinem Kopf erst wieder Ordnung schaffen, muss mir *Kowary* in *Schmiedeberg* übersetzen, und bin froh, dass ich nicht das Auto steuern muss. Natürlich findet Rolf die Kapelle, leider ist sie verschlossen. Wir umrunden sie einmal, (sicher denkt Rolf dabei an Ina, mit der er schon hier war), und fahren dann nach Lomnitz.

Das Schloss in Lomnitz gehörte seit Jahrhunderten der Familie von Küster. Nach der Vertreibung verfiel das Schloss und die Nebengebäude immer mehr. Als nach der politischen Öffnung Polens der Enkelsohn des letzten Besitzers seinen Familiensitz besuchte, war fast alles dem Verfall preisgegeben. Unter der Geschäftsführung eines Polen kaufte er sein »Erbe« zurück und begann es wieder aufzubauen. Inzwischen ist es ein wunderschönes kleines Hotel, in dem viele Heimwehtouristen zum Essen einkehren. Wir wollen hier bei Kaffee und *schlesischem Mohnkuchen mit dickem Streusel* den Geburtstag einer lieben Bekannten feiern, die auch schon hier Gast gewesen ist. Das überaus freundliche polnische Personal spricht gut deutsch, der harte polnische Klang der Stimmen schlägt die Brücke zwischen den Völkern. So offen sollte es in ganz Schlesien sein.

Schlesischer Mohnkuchen

Im *Alten Schloss* nebenan, das bis in den ersten Stock ebenfalls wieder-
hergestellt ist, besuchen wir eine Ausstellung: *Das Tal der Schlösser und
Gärten.* In eindrucksvollen Bildern und Grafiken blicken wir in die
Vergangenheit des Hirschberger Tales, in dem sich Schloss an Schloss
reihte. Der Reichtum des Adels und die Nöte der einfachen Menschen
stehen nebeneinander. Die zwei Seiten des Lebens, im Hirschberger
Tal, wie überall auf der Welt.

Ein letzter Rundgang durch den gepflegten Park des Schlosses, ein
Wort der Anerkennung ihres Mutes an Frau von Küster, ein letzter,
ja, ich will es eingestehen, wehmütiger Blick über den anheimelnden
Ort, so sind die Abschiede.

Der letzte Tag unser Schlesienreise neigt sich dem Ende zu. Rolf fährt mir viel zu schnell, das Auto überquert mehrfach die Lomnitz, aus deren Quellwassern ich vor wenigen Tagen noch getrunken habe. Zillerthal-Erdmannsdorf fliegt vorbei, der Ort, an dem Zillertaler, die ihres evangelischen Glaubens wegen ihre Tiroler Heimat verlassen mussten und nach ihrer Flucht, mit Erlaubnis des Preußenkönigs, siedeln durften und groß an ihre typisch alpenländischen Häuser schrieben:

Wir danken dem König Wilhelm III.,

was sogar heute noch zu lesen ist – es gäbe noch so viel zu sehen. Weiter, weiter, die Zeit bleibt nicht stehen. In Schömberg waren wir noch nicht, haben die »Zwölf Apostel« nicht gesehen, das Kloster Grüssau fehlt uns noch, die vielen, vielen Schlösser im Hirschberger Tal.

Je weiter wir fahren, um so gewaltiger steht die Schwarze Koppe vor uns, drängt sich vor die Schneekoppe. Rolf glaubt, er habe den gesamten Riesengebirgskamm erwandert und ahnt nicht, welchen wunderbaren Weg er noch nicht gegangen ist: von Krummhübel an der Kleinen Lomnitz entlang durch den Eulengrund hoch zur Schwarzen Koppe, von der er hinüber zur benachbarten Schneekoppe gehen könnte; erst dann wäre seine Kammwanderung vollkommen. Er könnte natürlich auch zur Schneekoppe aufsteigen, um von ihr zur Schwarzen Koppe zu wandern und durch den Eulengrund wieder ins Tal. Welche Richtung er auch wählen würde, er wäre begeistert.

Vorbei. Vorbei. Wir kurven durch Krummhübel, schrauben uns zum letzten Mal über die Serpentinen hoch nach Brückenberg zu unserer *Kirche Wang*. Doch für Abschiedsgedanken ist noch kein Platz.

Am Abend findet in unserem Kirchlein ein Abendkonzert statt. Sänger und Musiker sind aus Görlitz gekommen, aus Schlesien nach Schlesien, vom deutschen Schlesien ins polnische Schlesien. Orgel, Flöte, Cembalo, dazu Sopran, Alt, Tenor und Bass. Von Pachelbels *Fantasie g-Moll* über Heinrich Schütz: *Wohl denen, die da wandeln* bis zu Jan Zach: *Praeludium und Fuge c-Moll.* Dazwischen auch das Lied: *Ich schau nach jenen Bergen fern…* das mir wie eine Weissagung erscheint. Wo immer ich sein werde, was immer ich auch treibe, ich werde *nach jenen Bergen fern* mich sehnen.

Drei Monden Sommer,
neun Monden Schnee,
Ein Gott, ein Dach, zwei Geißen,
die Menschen sterben vor Heimweh,
wenn in die Fremde sie reisen.

So stand es vor vielen, vielen Jahren an der Wand einer Riesengebirgsbaude, und so steht es, so lange ich noch denken und fühlen kann, in meinem Herzen.

*

Sonntag, den 11. September

Rübezahl, laab ock sisse!

Über die Heimfahrt gibt es für mich wenig zu sagen. Ein letzter Blick aus dem Fenster meines Zimmers, das mir so viel Geborgenheit gegeben hat. Kirche Wang und Schneekoppe, das liebgewordene Bild. Gott schütze euch. Und mich, der ich ein Teil dieses Bildes bin.

Ein letztes Frühstück aus freundlicher Hand, die ich küsse und dafür umarmt werde. *Lasst uns gemeinsam und friedlich miteinander dieses wunderbare Land lieben* möchte ich sagen, doch mir fehlen die Worte. Die Sprache ist es, die uns am meisten trennt.

Hinunter ins Tal, durch Rothengrund, (vorbei an dem Haus, das Ina so gefällt), nach Seidorf, Märzdorf, Giersdorf, Hermsdorf, Petersdorf nach Schreiberhau – ich sammle die Namen ein und nehme sie mit zu denen, denen sie gehören. Schon jetzt sehe ich sie sitzen unter den gleichnamigen Schildern in den Messehallen in Nürnberg, wo sich die, die vertrieben wurden, treffen, alle zwei Jahre, um über daheim zu sprechen, wie es war und wie es nie mehr sein wird. Sie werden sich Geschichten erzählen, alte Geschichten, aus Seidorf, aus Märzdorf und all den Orten im Riesengebirge und anderswo. Ihnen gehören die alten Geschichten, zu denen die alten Namen gehören, deshalb sammle ich sie ein und werde sie mitnehmen, über sie ausstreuen, wenn sie wieder beisammen sitzen, in Nürnberg, und mit leuchtenden Augen ihre alten Geschichten erzählen.

Laab mer gsund, mei Schlesierland, bleibt mir nur noch zu sagen, das vertraute *Susste nischt ock heem* hat seine Gültigkeit verloren.

*

Über Jakobsthal und den *Neue Welt Pass* verlassen wir Schlesien und fahren hinein ins Tschechische, um bei Zittau Sachsenland zu erreichen. Rolf will auf der Heimfahrt seinen Sohn bei Herrenhut und seinen Bruder in Aue besuchen. Es ist Rolfs Tag.

Danke, Rolf, für diese wundervolle Woche.

***